U0489144

小圃花开
领取而今现在

Quiet and Calm

宗璞

北京时代华文书局

目 录

第一部分　燕园，领取旧日时光

第二部分　花开，无拘无束无碍

第三部分　且忆，世间多少奇才

第四部分　而今，无须计较与安排

第一部分

燕园，领取旧日时光

我浸在这繁密的花朵的光辉中，别的一切暂时都不存在，有的只是精神的宁静和生的喜悦。

三松堂岁暮二三事

往年每到十二月初，总要收到一通祝贺父亲寿诞的信件和卡片，最准时的是父亲的老友、两卷本《中国哲学史》的英译者卜德先生。我一见那几个中国字，便知是这位老人了。到十二月十日左右，便开始收到祝贺新年的美丽的卡片了。家里每个人都收到一些，有时还要比一比，“今年我得的最早”，“谁说的！我昨天就得了”。我会把收到的贺卡大声喊给父亲听，连从花园中穿过的行人都听得见。

父亲去世已两年了。十二月的热闹冷落下来。两年来，信件少多了，本应该完全没有父亲的信了，但还是陆续不断，从全世界。昨天去哲学系办点儿小事，又带回一叠信件。

信件中有张向父亲祝贺新年的音乐卡，是河北水产学校一个名叫娄震宁的学生寄来的，卡上写道：我带着仰慕和敬爱的心情，在天涯为您祈祷，祝愿您新年愉快，健康长寿。

这是今年的第一张节日卡。

记得父亲去世以后，我第一次在信箱里拿到给他的信，心里有一种凄然而异样的感觉。那是英国一家学术出版公司寄来的，关于哲学和医药的书目。这种书目以前我是根本不拆的，这次却反复看了好久，还想到书房去，大声喊着告诉什么什么事，几乎举起脚步，忽然猛醒，即使喊破了喉咙，谁来听呢。

渐渐地，我习惯了。习惯于收阅寄给另一世界的信件。多半置之不理，有时也代复。譬如询问何处可买到《三松堂全集》《中国哲学史》《中国哲学史新编》等书，就要回复。虽然明知回复了也还是买不到的。

这次拿回的信件中，有几个新鲜机构和编辑部约请帮助，还有两本与父亲无关的校友通讯，不知何故寄来。积两年之经验，得一印象，真的有许多人是不看报纸的。我不知道这是好习惯抑或坏习惯，可能什么习惯也不是，只是太忙了。

来信人中也有明察秋毫的。一封打听《新编》售书处的信是写给我的。信封上写的是“北京大学哲学系转冯友兰先生家冯宗璞女士”。另一封给我的信因不知我的地址，写的是“北京大学冯友兰先生纪念馆转交”。许多人昧于已发生的事，混淆了阴阳界。这位朋友本着善良的愿望，想当然以为必有一个纪念馆，把未发生的事当真了。孰知虽有关心的各方人士倡议，此事还不大有要成为现实的样子。

庭院中三松依旧，不时有人来凭吊并摄影。那贺卡中平凡的乐音似乎在三棵松间萦绕。读三松堂书的人，都会在心中有一个小小的纪念馆。

一块大石头

这样一块大石，不是碑，不是柱，只是石头。立在众多的拥挤的墓碑中，进得万安公墓，向左转过一处假山，即可看见。石头略带红色，若有绿松掩映最好。但是没有，有的是许久不填平的新穴和坑坑洼洼的小路。

静极了，冬日的墓地。远处传来清脆的敲石头的声音，越显得寂静把墓地罩得很紧。

大石在寂静和寒冷中默默地站着。石上刻有“冯友兰先生夫人之墓”几个大字。我的父母亲就长眠在这里。我原想要一块自然的大石，不着一点人工痕迹，现在这一块前面还是凿平了，习惯是很难改的。

十二月四日，是父亲的诞辰，冥寿九十七岁。我一家人在六日来扫墓。先将墓石擦拭干净，然后献上几朵深红色的玫瑰花，花朵在一片灰蒙蒙中很打眼。这是墓地中唯一的红色。

我们站在墓前，也被寂静笼罩住了。

去年安葬时，正是冬至。从早便飘着雪。雪花纷纷扬扬，墓地一片白。来参加葬礼的亲友都似披了一层花白毯子。我请大家不必免冠，大家还是脱下帽子一任雪花飘洒。白雪掩盖了墓志，一个年轻人不戴手套，用手抹去雪花。他是那热衷创立“从零到零”体系的学生，我记得。

张岱年先生在墓前讲话，说冯先生的一生是好学深思、永远追求真理的一生，永远跟随时代前进的一生，他对中国文化的贡献是巨大的。也向我的母亲——为父亲承担了一切俗务的母亲，表示敬意。如果没有母亲几十年独任井臼之劳，父亲这样专心于学问也是不可能的。

我的弟弟、飞机强度专家冯钟越随父母安葬于此，这对于逝者和生者，都是很大的安慰。

墓穴封住了，大家献上鲜花。花朵在冷风中瑟缩着。它们本来是经不起寒冷的，这也是一种牺牲吧。

而墓中人再也不怕冷了，那深深的洞穴啊！

今年清明前后，一直下小雨。我们在清明后一天来到墓地。没想到平常极清静的墓地如同闹市一般，人们在墓石间穿来穿去，不少人把放置在骨灰堂里的骨灰盒拿出来，摆在石桌上一起坐一会儿。天阴得很，雨丝若有若无，草都绿了。更显得有生气的是各个墓上摆了各种鲜花，有折枝，有盆花，有花篮和花圈，和灰色的天空成为强烈的对比。父母亲的邻墓有一座较高大的碑，刻了不少子孙的名字，似是兴旺人家。墓上摆了两个大花篮，紫色的绸带静静地从花篮上垂下来。一路走过去，我心里很不安，我们来晚了，带的花太少了！大石头前果然显得很空，但是我们马上发现，这里并不孤寂。

一束小小的二月兰放在墓志石上。这是一种弱小的野花，北京西郊几个园子里都很多。那么是有人来凭吊过了，是谁？是朋友？是学生？是读者？大概我们永远不会知道。

我们献上几枝花，小心地不碰着那二月兰。

我们在寂静中站着，敲石头的声音响着，很清脆。

我们的祈求是一致的，保佑平安。

学术基金

十二月十二日，北京大学接受了冯友兰先生捐献的人民币五万元，设立了冯友兰学术基金。

数目小得可怜，心愿却大得不得了。

父亲在三十年代就提出要“继往开来”，认为这是他作为一个哲学家一生的使命。一九四六年他撰写西南联大纪念碑文，文中有句云：“我国家以世界之古国，居东亚之天府，本应绍汉唐之遗烈，作并世之先进。将来建国完成，必于世界历史，居独特之地位。盖并世列强，虽新而不古；希腊罗马，有古而无今。惟我国家，亘古亘今，亦新亦旧。斯所谓‘周虽旧邦，其命维新’者也。”他后来一再提出，“旧邦新命”是现代中国的特点。中国有源远流长、丰富宏大的文化，这是旧邦；中国一定要走上现代化的道路，作并世之先进，这是新命。在三松堂寓所书房壁上，挂了他自撰自书的一副对联：“阐旧邦以辅新命，极高明而道中庸。”上联是平生之志向，下联是追求之境界。

父亲希望有更多青年学子加入阐旧邦以辅新命的行列。所以就要以基金为基础，在北大中文、历史（中国历史）、哲学（中国哲学）三大系设立奖学金，并每三年一次面向全国奖励有创见的哲学著作。

父亲最关心哲学，但不限于哲学。他任清华大学文学院院长十八年，清华文学院是一座极有特色的文科学府，至今为学者们所怀念。父亲曾说，他一生最幸福的时光就是在清华的那一段日子。

又因为西南联大老校友加籍学人余景山先生用加币在北大哲学系设立了冯友兰奖学金，已经数年，对哲学系就不必再有偏向。

当我把款项交出去时，颇有轻松之感。“又办完一件事。”我心里在告禀。

回想起来，父亲和母亲一生自奉甚俭，对公益之事总是很热心的。一九四八年父亲从美国回来，带回一个电冰箱，当时是清华园中唯一的，大概北京城也不多。知道校医院需要，立即捐出。近年又向家乡河南唐河县图书馆和祁仪镇中学各捐赠一万元。款项虽小，也算是为文教事业做出的小小的呐喊吧。

北大校园电视校内新闻节目中，播出了设立冯友兰学术基金的消息。荧屏上出现了父亲的画像，那样泰然，那样慈祥。他看着我，似乎说：“你又办完一件事，可你的《野葫芦引》呢？”

《野葫芦引》是我的一部长篇小说，是父亲一直关心的。可我不争气，写完第一卷《南渡记》，一停就是四年。还不知道下一个野葫芦在哪里。

三松堂断忆

转眼间父亲离开我们已经快一年了。

去年这时，也是玉簪花开得满院雪白，我还计划在向阳的草地上铺出一小块砖地，以便把轮椅推上去，让父亲在浓重的树荫中得一小片阳光。因为父亲身体渐弱，忙于延医取药，竟没有来得及建设。九月底，父亲进了医院，我在整天奔忙之余，还不时望一望那片草地，总不能想象老人再不能回来，回来享受我为他安排的一切。

哲学界人士和亲友们都认为父亲的一生总算圆满，学术成就和他从事的教育事业使他中年便享盛名，晚年又见到了时代的变化；生活上有女儿侍奉，诸事不用操心，能在哲学的清纯世界中自得其乐。而且，他的重要著作《中国哲学史新编》，八十岁才开始写，许多人担心他写不完，他居然写完了。他是拼着性命支撑着，他一定要写完这部书。

在父亲的最后几年里，经常住医院，一九八九年下半年起更为频繁。一次是十一月十一日午夜，父亲突然发作心绞痛，外子蔡仲德和两个年轻人一起，好不容易将他抬上救护车。他躺在担架上，我坐在旁边，数着脉搏。夜很静，车子一路尖叫着驶向医院。好在他的医疗待遇很好，每次住院都很顺利。一切安排妥当后，他的精神好了许多，我俯身为他掖好被角，正要离开时，他疲倦地用力说："小女，你太累了！""小女"这乳名几十年不曾有人叫了。"我不累。"我说，勉强忍住了眼泪。说不累是假的，然而比起担心和不安，劳累又算得了什么呢。

过了几天，父亲又一次不负我们的劳累和担心，平安回家了。我们笑说："又是一个惊险镜头。"十二月初，他在家中度过九十四寿辰。也是他最后的寿辰。这一天，民盟中央的几位负责人丁石孙等先生前来看望，老人很高兴，谈起一些文艺杂感，还说，若能汇集成书，可题名为"余生札记"。

这余生太短促了。中国文化书院为他筹办了庆祝九五寿辰的"冯友兰哲学思想国际研讨会"，他没有来得及参加，但他知道了大家的关心。

一九九〇年初，父亲因眼前有幻象，又住医院。他常常喜欢自己背诵诗词，每住医院，总要反复吟哦《古诗十九首》。有记不清的字，便要我们查对。"青青陵上柏，磊磊涧中石。人生天地间，忽如远行客。""浩浩阴阳移，年命如朝露。人生忽如寄，寿无金石固。"他在诗词的意境中似乎觉得十分安宁。一次医生来检查后，他忽然对我说："庄子说过，生为附赘悬疣，死为决疣溃痈。孔子说过，朝闻道，夕死可矣。张横渠又说，生，吾顺事；没，吾宁也。我现在是事情没有做完，所以还要治病。等书写完了，再生病就不必治了。”我只能说：“那不行，哪有生病不治的呢！”父亲微笑不语。我走出病房，便落下泪来。坐在车上，更是泪如泉涌。一种没有人能分担的孤单沉重地压迫着我。我知道，分别是不可避免的。

我们希望他快点写完《新编》，可又怕他写完。在住医院的间隙中，他终于完成了这部书。亲友们都提醒他还有本《余生札记》呢。其实老人那时不只有文艺杂感，又还有新的思想，他的生命是和思想和哲学连在一起的。只是来不及了。他没有力气再支撑了。

人们常问父亲有什么遗言。他在最后几天有时念及远在异国的儿子钟辽和唯一的孙儿冯岱。他用力气说出的最后的关于哲学的话是：“中国哲学将来一定会大放光彩！”他是这样爱中国，这样爱哲学。当时有李泽厚和陈来在侧。我觉得这句话应该用大字写出来。

然后，终于到了十一月二十六日那凄冷的夜晚，父亲那永远在思索的头脑进入了永恒的休息。

作为父亲的女儿，而且是数十年都在他身边的女儿，在他晚年又身兼几大职务，秘书、管家兼门房，医生、护士带跑堂，照说对他应该有深入的了解，但是我无哲学头脑，只能从生活中窥其精神于万一。根据父亲的说法，哲学是对人类精神的反思，他自己就总是在思索，在考虑问题。因为过于专注，难免有些呆气。他晚年耳目失其聪明，自己形容自己是“呆若木鸡”。其实这些呆气早已有之。抗战初期，几位清华教授从长沙往昆明，途经镇南关，父亲手臂触城墙而骨折。金岳霖先生一次对我幽默地提起此事，他说："当时司机通知大家，不要把手放在窗外，要过城门了。别人都很快照办，只有你父亲听了这话，便考虑为什么不能放在窗外，放在窗外和不放在窗外的区别是什么，其普遍意义和特殊意义是什么。还没考虑完，已经骨折了。"这是形容父亲爱思索。他那时正是因为在思索，根本就没有听见司机的话。

他的生命就是不断地思索，不论遇到什么挫折，遭受多少批判，他仍顽强地思考，不放弃思考。不能创造体系，就自我批判，自我批判也是一种思考。而且在思考中总会冒出些新的想法来。他自我改造的愿望是真诚的，没有经历过二十世纪中叶的变迁和六七十年代的各种政治运动的人，是很难理解这种自我改造的愿望的。

幸亏有了新时期，人们知道还是自己的头脑最可信。父亲明确采取了不依傍他人，"修辞立其诚"的态度。我以为，这个"诚"字并不能与"伪"相对。需要提出"诚"，需要提倡说真话，这是我们这个时代的大悲哀。

我想历史会对每一个人做出公允的、不带任何偏见的评价。历史不会忘记有些微贡献的每一个人，而评价每一个人时，也不要忘记历史。

父亲一生对物质生活的要求很低，他的头脑都让哲学占据了，没有空隙再来考虑诸般琐事。而且他总是为别人着想，尽量减少麻烦。一个人到九十五岁，没有一点怪癖，实在是奇迹。父亲曾说，他一生得力于三个女子：一位是他的母亲——我的祖母吴清芝太夫人，一位是我的母亲任载坤先生，还有一个便是我。一九八二年，我随父亲访美，在机场上父亲作了一首打油诗："早岁读书赖慈母，中年事业有贤妻。晚来又得女儿孝，扶我云天万里飞。"确实得有人料理俗务，才能有纯粹的精神世界。近几年，每逢我的生日，父亲总要为我撰寿联。一九九〇年夏，他写最后一联，联云："鲁殿灵光，赖家有守护神，岂独文采传三世；文坛秀气，知手持生花笔，莫让新编代双城。"父亲对女儿总是看得过高。"双城"指的是我的长篇小说，曾拟名《双城鸿雪记》，后定名为《野葫芦引》。第一卷《南渡记》出版后，因为没有时间，没有精力，便停顿了。我必须以《新编》为先，这是应该的，也是值得的。当然，我持家的能力很差，料理饮食尤其不能和母亲相比，有的朋友都惊讶我家饭食的粗糙。而父亲从没有挑剔，从没有不悦，总是兴致勃勃地进餐，无论做了什么，好吃不好吃，似乎都滋味无穷。这一方面因为他得天独厚，一直胃口好，常自嘲"还有当饭桶的资格"；另一方面，我完全能够体会，他是以为能做出饭来已经很不容易，再挑剔好坏，岂不让管饭的人为难。

父亲自奉甚俭，但不乏生活情趣。他并不永远是道貌岸然，也有豪情奔放、潇洒闲逸的时候，不过机会较少罢了。一九二六年父亲三十一岁时，曾和杨振声、邓以蛰两先生，还有一位翻译李白诗的日本学者一起豪饮，四个人一晚喝去十二斤花雕。六十年代初，我因病常住家中，每于傍晚随父母到颐和园包坐大船，一元钱一小时，正好览尽落日的绮辉。一位当时的大学生若干年后告诉我说，那时他常常看见我们的船在彩霞中飘动，觉得真如神仙中人。我觉得父亲是有些仙气的，这仙气在于他一切看得很开。在他的心目中，人是与天地等同的。“人与天地参”，我不止一次听他讲解这句话。《三字经》说得浅显，“三才者，天地人”。既与天地同，还屑于去钻营什么！那些年，一些稍有办法的人都能把子女调回北京，而他，却只能让他最钟爱的幼子钟越长期留在医疗落后的黄土高原。一九八二年，钟越终于为祖国的航空事业流尽了汗和血，献出了他的青春和生命。

父亲的呆气里有儒家的伟大精神，“天行健，君子以自强不息”，自强不息到“知其不可而为之”的地步；父亲的仙气里又有道家的豁达洒脱。秉此二气，他穿越了在苦难中奋斗的中国的二十世纪。他的一生便是二十世纪中国文化的一个篇章。

据河南家乡的亲友说，一九四五年初祖母去世，父亲与叔父一同回老家奔丧，县长来拜望，告辞时父亲不送，而对一些身为老百姓的旧亲友，则一直送到大门，乡里传为美谈。从这里我想起和读者的关系。父亲很重视读者的来信，许多年常常回信。星期日上午的活动常常是写信。和山西一位农民读者车恒茂老人就保持了长期的通信，每索书必应之。后来我曾代他回复一些读者来信，尤其是对年轻人，我认为最该关心，也许几句话便能帮助发掘了不起的才能。但后来我们实在没有能力做了，只好听之任之。把人家的千言信万言书束之高阁，起初还感觉不安，时间一久，则连不安也没有了。

时间会抚慰一切，但是去年初冬深夜的景象总是历历如在目前。我想它是会伴随我进入坟墓的了。当晚，我们为父亲穿换衣服时，他的身体还那样柔软，就像平时那样配合。他好像随时会睁开眼睛说一声“中国哲学将来一定会大放光彩”。我等了片刻，似乎听到一声叹息。

不得不离开病房了。我们围跪在床前，忍不住痛哭失声！仲扶着我，可我觉得这样沉重的孤单！在这茫茫世界中，再无人需我侍奉，再无人叫我的乳名了。这么多年，每天清晨最先听到的，是从父亲卧房传来的咳嗽，每晚睡前必到他床前说几句话。我怎样能从多年的习惯中走得出来！

然而日子居然过去快一年了。只好对自己说，至少有一件事稍可安慰。父亲去时不知道我已抱病。他没有特别的牵挂，去得安心。

文章将尽，玉簪花也谢尽了。邻院中还有通红的串红和美人蕉，记得我曾说串红像是鞭炮，似乎马上会噼噼啪啪响起来。而生活里又有多少事值得它响呢！

我爱燕园

我爱燕园。

考究起来，我不是北大或燕京的学生，也从未在北大任教或兼个什么差事。我只是一名居民，在这里有了三十五年居住资历的居民。时光流逝，如水如烟，很少成绩；却留得一点刻骨铭心之情：我爱燕园。

我爱燕园的颜色。五十年代，春天从粉红的桃花开始。看见那单薄的小花瓣在乍暖还寒的冷风中轻轻颤动，便总为强加于它轻薄之名而不平，它其实是仅次于梅的先行者。还没有来得及为它翻案，不要说花，连树都难逃斧钺之灾，砍掉了。于是便总由金黄的连翘迎来春天。因它可以入药，在校医院周围保住了一片。紧接着是榆叶梅热闹地上场，花团锦簇，令人振奋。白丁香、紫丁香，幽远的甜香和着朦胧的月色，似乎把春天送到了每人心底。

绿草间随意涂抹的二月兰，是值得大书特书的。那是野生的花，浅紫掺着乳白，仿佛有一层亮光从花中漾出，随着轻拂的微风起伏跳动，充满了新鲜，充满了活力，充满了生机。简直让人不忍走开。紫色经过各种变迁，最后便是藤萝。藤萝的紫色较凝重，也有淡淡的光，在绿叶间缓缓流泻，这时便不免惊悟，春天已老。

夏日的主色是绿，深深浅浅浓浓淡淡的绿。从城里奔走一天回来，一进校门，绿色满眼，猛然一凉，便把烦恼都抛在校门外了。绿色好像是底子，可以融化一切的底子，那文眼则是红荷。夏日荷塘是我招待友人的保留节目。鸣鹤园原有大片荷花，红白相间，清香远播。动乱多年后，寻不到了。现在勺园附近、朗润园桥边都有红荷，最好的是镜春园内的一池，隐藏在小山之后，幽径曲折，豁然得见。红荷的红不同于桃、杏，鲜艳中显出端庄，就像白玉兰于素静中显出华贵一样。我曾不解为什么佛的宝座作莲花状，再一思忖，无论从外貌或品德比较，没有比莲花更适合的了。

秋天的色彩令人感到充实和丰富。木槿的花有紫有白，紫薇的花有紫有红，美人蕉有各种颜色，玉簪花则是玉洁冰清，一片纯白。而最得秋意的是树叶的变化。临湖轩下池塘北侧一排高大的银杏树，秋来成为一面金色高墙，满地落叶也是金灿灿的，踩上去不由生出无限遐想。池塘西侧一片灌木不知名字，一个叶柄上对称地生着秀长的叶子，着雨后红得格外鲜亮。前年我为它写了一篇小文《秋韵》，去年再去观赏时，却见树丛东倒西歪，让人踩出一条路。若再成红霞一片，还不知要多少年！我在倒下的枝叶旁徘徊良久，恨不能起死回生！

一望皆白的雪景当然好看，但这几年很少下雪。冬天的颜色常常是灰蒙蒙的，很模糊。晴时站在未名湖边四顾，天空高处很蓝，愈往边上愈淡，亮亮地发白，枯树枝桠、房屋轮廓显出各种姿态，像是一幅没有着色只有线条的钢笔画。

我爱燕园的线条。湖光塔影，常在从燕园离去的人的梦中。映在天空的塔身自不必说，投在水中的塔影，轮廓弯曲了，摇曳着，而线条还是那么美！湖心岛旁的白石舫，两头微微翘起，有一点弧度，显得既圆润又利落。据说几座仿古建筑的檐角，因为缺少了弧度，而成凡品。湖西侧小山上的钟亭，亭有亭的线条，钟有钟的线条，钟身上铸了十八条龙和八卦。那几条长短不同的横线做出的排列组合，几千年来研究不透。

我爱燕园的气氛，那是人的活动造成的。每年秋天，新学年开始，园中添了许多稚气的脸庞。“老师，六院在哪里？”“老师，一教怎样走？”他们问得专心，像是在问人生的道路。每年夏天，学年结束，道听途说则是：“你分在哪里？”“你哪天走？”布告牌上出现了转让车票、出让旧物的字条。毕业生要到社会上去了。不知他们四年里对原来糊涂的事明白了多少，也不知今后会有怎样的遭遇。我只觉得这一切和四季一样分明，这是人生的节奏。

有时晚上在外面走——应该说，这种机会越来越少了——看见图书馆灯火通明，像一条夜航的大船，总是很兴奋。那凝聚着教师与学生心血的智慧之光，照亮着黑暗。这时我便知道，糊涂会变成明白。

三角地没有灯，却是小小的信息中心，前两年曾特别热闹，几乎天天有学术报告，各种讲座，各种意见，显示出每个人都用自己的头脑在思索。一片绚烂胜过自然间的万紫千红。这才是燕园本色！去年上半年骤然冷落，只剩些舞会通知、电影广告和遗失启事，虽然有些遗失启事很幽默，却总感到茫然凄然。近来又恢复些生气。我很少参加活动，看看布告，也是好的。

我爱燕园中属于我自己的记忆。我扫过自家门前雪，和满地扔瓜子壳儿的男士女士们争吵过。我为奉老抚幼，在衰草凄迷的园中奔走过。我记得室内冷如冰窖的寒冬，也记得新一代水暖工送来温暖的微笑。我那操劳一生的母亲怀着无限不安和惦念在校医院病逝，没有足够的人抬她下楼。当天，她所钟爱的狮子猫被人用鸟枪打死，留下一只尚未满月的小猫。这小猫如今已是十一岁，步入老年行列了。这些记忆，无论是美好的还是痛苦的，都同样珍贵。因为那属于我自己。

我爱燕园。

燕园石寻

从燕园离去的人，可记得那些石头?

初看燕园景色，只见湖光塔影，秀树繁花，不会注意到石头。回想燕园风光，就会发现，无论水畔山基，或是桥边草中，到处离不开石头。

燕园多水，堤岸都用大块石头依其自然形态堆砌而成。走进有点古迹意味的西校门，往右一转，可见一片荷田。夏日花大如巨碗。荷田周围，都是石头。有的横躺，有的斜倚，有的竖立如小山峰，有的平坦可以休憩。岸边垂柳，水面风荷，连成层叠的绿，涂抹在石的堤岸上。

最大的水面是未名湖，也用石做堤岸。比起原来杂草丛生的土岸，初觉太人工化。但仔细看，便可把石的姿态融进水的边缘，水也增加了意味。西端湖水中有一小块不足以成为岛的土地，用大石与岸相连，连续的石块，像是逗号下的小尾巴。“岛”靠湖面一侧，有一条石雕的鱼，曾见它无数次的沉浮。它半张着嘴，有时似在依着水面吐泡儿，有时则高高地昂着头。不知从何时起，它的头不见了，只有向上翘着的尾巴，在测量湖面高低。每一个燕园长大的孩子，都在那石鱼背上坐过，把脚伸在水里，自由自在地幻想未来。等他们长大离开，这小小的鱼岛便成为他们生命中的一个逗号。

不只水边有石，山下也是石。从鱼岛往西，在绿荫中可见隆起的小山，上下都是大石。十几株大树的底座，也用大石围起。路边随时可见气象不一、成为景致的石头，几块石矗立桥边，便成了具有天然意趣的短栏。杂缀着野花的披拂的草中，随意躺卧着大石，那惬意样儿，似乎“嵇康晏眠”也不及它。

这些石块数以千万计，它们和山、水、路、桥一起，组成整体的美。燕园中还有些自成一家的石头可以一提。现在看到的七八块都是太湖石，不知入不入得石谱。

办公楼南两条路会合处有一角草地，中间摆着一尊太湖石，不及一人高，宽宽的，是个矮胖子。石上有许多纹路孔窍，让人联想到老人多皱纹和黑斑的脸，这似乎很丑。但也奇怪，看着看着，竟在丑中看出美来，那皱纹和黑斑都有一种自然的韵致，可以细细观玩。

北面有小路，达镜春园。两边树木郁郁葱葱，绕过楼房，随着曲径，寻石的人会忽然停住脚步。因为浓绿中站着两块大石，都带着湖水激荡的痕迹。两石相挨，似乎你望着我，我望着你。路的另一边草丛中站着一块稍矮的石，斜身侧望，似在看着那两个伴侣。

再往里走，荷池在望。隔着卷舒开合任天真的碧叶红菡萏，赫然有一尊巨石，顶端有洞。转过池西道路，便见大石全貌。石下连着各种形状的较小的石块，显得格外高大。线条挺秀，洞孔诡秘；层峦叠嶂，都聚石上。还有爬上来的藤蔓，爬上来又静静地垂下。那鲜嫩的绿便滴在池水里、荷叶上。这是诸石中最辉煌的一尊。

不知不觉出镜春园，到了朗润园。说实话，我从来没有弄清两园交界究竟在何处。经过一条小村镇般的街道，到得一座桥边，正对桥身立着一尊石。这石不似一般太湖石玲珑多孔，却是大起大落，上下突出，中间凹进，可容童子蹲卧，如同虎口大张，在等待什么。放在桥头，似有守卫之意。

再往北走，便是燕园北墙了。又是一块草地上，有假山和太湖石。这尊石有一人多高，从北面看，宛如一只狼犬举着前腿站立，仰首向天，在大声吼叫。若要牵强附会说它是二郎神的哮天犬，未尝不可。

原以为燕园太湖石尽于此了，晨间散步，又发现两块。一块在数学系办公室外草坪上。这是常看见的，却几乎忽略了。它中等个儿，下面似有底座，仔细看，才知还是它自己。石旁一株棠棣，多年与石为伴，以前依偎着石，现在已遮蔽着石了。还有一块在体育馆西，几条道路交叉处的绿地上，三面有较小的石烘托。回想起来，这石似少特色。但既是太湖石，便有太湖石的品质。孔窍中似乎随时会有云雾涌出，给这错综复杂的世界更添几分迷幻。

燕园若是没有这些石头，很难想象会是什么模样。石头在中国艺术中，占有极重要的地位，无论园林、绘画还是文学。有人画石入迷，有人爱石成癖，而《红楼梦》中那位至情公子，也原不过是一块石头。

很想在我的“风庐”庭院中，摆一尊出色的石头。可能因为我写过《三生石》这小说，来访的友人也总在寻找那块石头。还有人说确实见到了。其实有的只是野草丛中的石块。这庭院屡遭破坏，又屡屡经营，现在多的是野草。野草丛中散有石块，是院墙拆了又修，修了又拆，然后又修时剩下的，在绿草中显出石的纹路，看着也很可爱。

燕园树寻

燕园的树何必寻？无论园中哪个角落，都是满眼装不下的绿。这当然是春夏的时候。到得冬天，松柏之属，仍然绿着，虽不鲜亮，却很沉着。落叶树木剩了槎枒枝条，各种姿态，也是看不尽的。

先从自家院里说起。院中的三棵古松，是“三松堂”命名的由来，也因“三松堂”而为人所知了。世界各地来的学者常爱观赏一番，然后在树下留影。三松中的两株十分高大，超过屋顶，一株是挺直的；一株在高处折弯，作九十度角，像个很大的伞柄。撒开来的松枝如同两把别致的大伞，遮住了四分之一的院子。第三株大概种类不同，长不高，在花墙边斜斜地伸出枝干，很像黄山的迎客松。地锦的条蔓从花墙上爬过来，挂在它身上。秋来时，好像挂着几条红缎带，两只白猫喜欢抓弄摇曳的叶子，在松树周围跑来跑去，有时一下子蹿上树顶，坐定了，低头认真地观察世界。

若从下面抬头看，天空是一块图案，被松枝划分为小块的美丽的图案。由于松的接引，好像离地近多了。常有人说，在这里做气功最好了，可以和松树换气，益寿延年。我相信这话，可总未开始。

后园有一株老槐树，比松树还要高大，“文革”中成为尺蠖寄居之所。它们结成很大的网，拦住人们的去路，勉强走过，便赢得十几条绿莹莹的小生物在鬓发间，衣领里。最可恶的是它们侵略成性，从窗隙爬进屋里，不时吓人一跳。我们求药无门，乃从根本着手，多次申请除去这树，未获批准。后来忍无可忍，密谋要向它下毒手了，幸亏人们忽然从“阶级斗争”的噩梦中醒来，开始注意一点改善自身的生活环境，才使密谋不必付诸实现。打过几次药后，那绿虫便绝迹。我们真有点“解放”的感觉。

老槐树下，如今是一畦月季，还有一圆形木架，爬满了金银花。老槐树让阳光从枝叶间漏下，形成“花荫凉”，保护它的小邻居，因为尺蠖的关系，我对“窝主”心怀不满，不大想它的功绩，甚至不大想它其实也是被侵略和被损害的。不过不管我怎样想，现在一块写明“古树”的小牌钉在树身，更是动不得了。

院中还有一棵大栾树，枝繁叶茂，恰在我窗前。从窗中望不到树顶。每有大风，树枝晃动起来，真觉天昏地暗，地动山摇，有点儿像坐在船上。这树开小黄花，春夏之交，有一个大大的黄色的头顶，吸引了不少野蜂。以前还有不少野蜂在树旁筑窝，后来都知趣地避开了。夏天的树，挂满浅绿色的小灯笼，是花变的。以后就变黄了，坠落了。满院子除了落叶还有小灯笼，扫不胜扫。专司打扫院子的老头曾形容说，这树真霸道。后来他下世了，几个接班人也跟着去了，后继无人，只好由它霸道去。看来人是熬不过树的。

出得自家院门，树木不可胜数，可说的也很多，只能略拣几棵了。临湖轩前面的两株白皮松，是很壮观的。它们有石砌的底座，显得格外尊贵。树身挺直，树皮呈灰白色。北边的一株在根处便分杈，两条树干相并相依，似可谓之连理。南边的一株树身粗壮，在高处分杈。两树的枝叶都比较收拢，树顶不太大，好像三位高大而瘦削的老人，因为饱经沧桑，只有沉默。

俄文楼前有一株元宝枫，北面小山下有几树黄栌，是涂抹秋色的能手。燕园中枫树很多，数这一株最大，两人才可以合抱。它和黄栌一年一度焕彩蒸霞，使这一带的秋意如醇酒，如一曲辉煌的钢琴协奏曲。

若讲到一个种类的树，不是一株树，杨柳值得一提。杨柳极为普通，因为太普通了，人们反而忽略了它的特色。未名湖畔和几个荷塘边遍植杨柳，我乃朝夕得见。见它们在春寒料峭时发出嫩黄的枝条，直到立冬以后还拂动着。见它们伴着娇黄的迎春、火红的榆叶梅度过春天的热烈，由着夏日的知了在枝头喧闹，然后又陪衬着秋天的绚丽，直到一切扮演完毕。不管湖水是丰满还是低落，是清明还是糊涂，柳枝总在水面低回婉转，依依不舍。“杨柳岸，晓风残月”，岸上有柳，才显出风和月，若是光光的土地，成何光景？它们常集体作为陪衬，实在是忠于职守、不想出风头的好树。

银杏不是这样易活多见的树，燕园中却不少，真可成为一景。若仿什么十景八景的编排，可称为“银杏流光”。西门内一株最大，总有百年以上的寿数，有石栏围护。一年中它最得意时，那满树略带银光的黄，成为夺目的景象。我有时会想起霍桑小说中那棵光华灿烂的毒树，也许因为它们都是那样独特，其实银杏树是满身的正气，果实有微毒，可以食用。常见一些不很老的老太太，提着小筐去“捡白果”。

银杏树分雌雄。草地上对称处原有另一株，大概是它的配偶。这配偶命不好，几次被移走，有心人又几次补种。到现在还是垂髫少女，大概是看不上那老树的。一院院中，有两大株，分列甬道两旁，倒是原配。它们比二层楼还高，枝叶罩满小院。若在楼上，金叶银枝，伸手可取。我常想摸一摸那枝叶，但我从未上过这院中的楼，想来这辈子也不会上去了。

它们的集体更是大观了。临湖轩下小湖旁，七棵巨人似的大树站成一排，挡住了一面山。我曾不止一次写过那金黄的大屏风。这两年，它们的叶子不够繁茂，已经不像从前那样有气势了。树下原有许多不知名的小红树，和大片的黄连在一起，真是如火如荼，现在莫名其妙地消失了，大概给砍掉了。这一排银杏树，一定为失去了朋友而伤心吧。

砍去的树很多，最让人舍不得的是办公楼前的两大棵西府海棠，比颐和园乐寿堂前的还大，盛开时简直能把一园的春色都集中在这里。“文革”中不知它触犯了哪一位，顿遭斧钺之灾。至今有的老先生说起时，仍带着眼泪。可作为“老年花似雾中看”的新解吧。

还有些树被移走了，去点缀新盖的楼堂馆所。砍去的和移走的是寻不到了，但总有新的在生在长，谁也挡不住。

新的银杏便有许多。一出我家后角门，可见南边通往学生区的路。路很直，两边年轻的银杏树也很直，年复一年地由绿而黄。不知有多少年轻人走过这路，迎着新芽，踩着落叶，来了又走了，走远了……

而树还在这里生长。

燕园碑寻

燕园西门，古色古香，挂着宫灯的那一座，原是燕京大学的正门。当时车辆进出都走这个门，往燕南园住宅区的大路也是从西边来。上一个斜坡，往右一转，可见两个大龟各驮着一块石碑，分伏左右。这似乎是燕南园的入口了，但是许多年来，并没有设一个路牌指出这一点，实在令人奇怪。房屋上倒是有号码，却也难寻找。那些牌子的挂处特别，有的颇为浪漫地钉在树上，有的妄想高攀，快上了房顶。循规蹈矩待在门口的，也大多字迹模糊，很不醒目。

不过总算有这两座碑为记。其出处据说是圆明园。燕园里很多古物，像华表、石狮子、一块半块云阶什么的，都来自圆明园。驮碑的龟首向南，上得坡来先看到的是碑的背面，上面刻有许多名字。我一直以为是捐款赞助人，最近才看清上写着“圆明园花儿匠”几个大字，下面是名单。看来皇帝游园之余，也还承认花儿匠的劳动。这样，我们寻碑的小小旅行便从对劳动者的纪念开始了。

两个大龟的脖颈很长，未曾想到缩头。严格说来这不是龟，而是龙生九子的一种，那名字很难记。东边的一个不知被谁涂红了大嘴和双眼，倒是没有人怀疑会发大水。一代一代的孩子骑在它们的脖颈上，留下些值得回忆的照片。碑的正面刻有文字，东边这块尚可辨认：

> ……于内苑拓地数百弓，结篱为圃，奇葩异卉杂莳其间，每当露蕊晨开，香苞午绽，嫣红姹紫，如锦如霞。虽洛下之名园河阳之花县不足过也。伏念天地间，一草一木皆出神功……以祀花神，从此寒暑益适其宜，阴阳各遵其性。不必催花之鼓，护花之铃，而吐蕊扬花四时不绝……

倒是说出一点百花齐放的道理。立碑人名字不同，都是圆明园总管。一立于乾隆十年，花朝后二日；一立于十二年，中秋后三日。已是两百多年前的事了。

从燕南园往北，有六座中西合璧的小院，以数目名。多为各系的办公室。在一、二、三院和四、五、六院之间，原是大片草地，上有颇具规模的假山，还有一大架藤萝，后因这些景致有“不生产”的罪名，统统被废。这块地变成苹果园，周围圈以密不通风的松墙，保护果实。北头松墙的东西两端，各有大碑，比松墙高些，露出碑顶。过往的人，稍留心的怕也以为是什么柱子之类，不会想到是怕人忘却的碑。

从果树下钻过去，挤在碑前，可见上有满汉两种文字。碑身很高，又不能爬到大龟身上，只能观察大概。两碑都是康熙二十四年为四川巡抚杭爱立的。东边是康熙亲撰碑文，写明“四川巡抚都察院右副都御史加五级谥勤襄杭爱碑文”，文中有“总藩晋地，著声绩于当年；拥节关中，弘抚绥于此境”的句子。据《清史稿》载，杭爱先任山西布政使，擢陕西巡抚，又调四川镇压叛乱，大大有功。西边碑上是康熙特命礼部侍郎作的祭文，这两碑应该立在杭爱坟墓之前，可是坟墓也不知哪里去了。

北阁以北的小山顶上，荒草丛中，有一座不大像碑的碑。乍一看，似是一块断石；仔细看，原来大有名堂。碑身上刻有明末清初画家蓝瑛的梅花，碑额上有乾隆题字。梅花本来给人孤高之感，刻在石上，更觉清冷。有几枝花朵还很清晰，蕊心历历可见。若不是明写着蓝瑛梅花石碑，这碑也许早带着几枝梅花去垫墙基屋角了。本来这种糊涂事是很多的。现在它守着半山迎春开了又谢，几树黄栌绿了又红，不知还要过多少春秋。燕园年年成千上万的人来去，看到这碑的人可能不多。不过，不看到也没有什么可遗憾。

再往北到钟亭下面，有一个小小的十字路口。我在这里走了千万遍。有时会想起培尔·金特[①]在十字路口的遭遇，那铸纽扣的人拿着勺，要把他铸成一粒纽扣，还没有窟窿眼儿。十字路口的西北面有近几

① 培尔·金特：《培尔·金特》是挪威著名的文学家易卜生创作的一部最具文学内涵和哲学底蕴的作品，也是一部中庸、利己主义者的讽刺戏剧。该书通过纨绔子弟培尔·金特放浪、历险、辗转的生命历程，探索了人生是为了什么，人应该怎样生活的重大哲学命题。

年立的蔡孑民先生像，西南面有一块正式的乾隆御碑。底座和碑边都雕满飞龙，以保护御笔。碑身是横放的长方形，两面有诗，写明种松戏题，丁未仲春中浣御笔，并有天子之宝的御印。乾隆的字很熟练，但毫无秀气，比宋徽宗的瘦金体差远了。义山诗云："古来才命两相妨。"像赵佶、李煜这样的人，只能是误为人主吧。

从小山间下坡，眼前突然开阔。柳枝拂动，把淡淡的水光牵了上来。这就是未名湖了。过小桥，可见德、才、兼、备、体、健、全七座建筑。"文革"中改名曰红几楼红几楼，不知现在是否又改了回来。其中健斋是座方形小楼，靠近湖边。住在楼中，可细览湖上寒暑晨昏各种景色。健斋旁有四扇石碑，一排站着，上刻两副对联："画舫平临蘋岸阔，飞楼俯映柳荫多。""夹镜光澂风四面，垂虹影界水中央。"据说是和珅所题，原立在湖心岛旁石舫上的小楼前，小楼毁后移至此。严格说来并不是碑，它写景很实。"画舫"指的是石舫，"飞楼"当指那已不复存在的舱楼。"夹镜"指湖，"垂虹"指桥，全都包括在内了。"平临蘋岸"一句，"平""蘋"同音，不好。其实"蘋"字可以改作一个带草头的字，可用的字不少。

从未名湖北向西，到西门内稍南的荷池，荷池不大，但夏来清香四溢，那沁人肺腑的气息，到冬天似乎还可感觉。一九八九年五月四日，荷池旁草地上，新立起一座极有意义的碑，它不评风花雪月，不记君恩臣功，而是概括了一段历史，这就是国立西南联合大学纪念碑。这碑原在昆明现云南师大校园中的一个角落里，除非特意寻找，很难看见。为了纪念那一段不平凡的日子，为了让更多的人知道历史，作为组成西南联大的三校之一的北京大学和西南联大校友会做了一件大好事，照原碑复制一碑立在此处。

碑的正面是碑文，背面刻有全体为抵抗日本侵略，为保卫祖国而从军的学生名字。碑文系冯友兰先生撰写，闻一多先生篆额，罗庸先生书丹，真乃兼数家之美。文章记述了西南联大始末，并提出可纪念者四。首庆中华古国有不竭的生命力，“盖并世列强，虽新而不古，希腊罗马有古而无今。惟我国家，亘古亘今，亦新亦旧，斯所谓‘周虽旧邦，其命维新’者也”。次论三校合作无间，“同无妨异，异不害同，五色交辉，相得益彰，八音合奏，终和且平”。第三说明“万物并育而不相害，天道并行而不相悖，小德川流，大德敦化，此天地之所以为大。斯虽先民之恒言，实为民主之真谛”。第四指出古人三次南渡未能北返，“风景不殊，晋人之深悲；还我河山，宋人之虚愿。吾人为第四次之南渡，乃能于不下十年间，收恢复之全功，庾信不哀江南，杜甫喜收蓟北”，实可纪念。文章洋溢着一种爱国家、爱民族、爱理想的深情，看上去，真不觉得那是刻在一块冰冷的石头上。

几十年来，碑文作者遭遇了各种批判、攻击乃至诋毁、诬蔑，在世界学者中实属罕见。一九八〇年我到昆明，瞻仰此碑，曾信手写下一首小诗：

阳光下极清晰的文字
留住提炼了的过去
虽然你能证明历史

谁又来证明你自己

也许待那“自己”变为历史以后，才会有别的证明。证明什么呢？证明一个人在人生最后的铸勺里，化为一枚有窟窿眼儿的纽扣？

每于夕阳西下，来这一带散步，有时荷风轻拂，有时雪色侵衣。常见人在认真地读那碑文，心中不免觉得安慰。于安慰中，又觉得自己很傻，别人也很傻，所有做碑的人都很傻。碑的作者和读者终将逝去，而“断碣残碑，都付与苍烟落照”。不过，就凭这点傻劲儿，人才能一代一代传下去。还会有新的纪念碑，树立在苍烟落照里。

霞落燕园

北京大学各住宅区，都有个好听的名字。朗润、蔚秀、镜春、畅春，无不引起满眼芳菲和意致疏远的联想。而燕南园只是个地理方位，说明在燕园南端而已。这个住宅区很小，共有十六栋房屋，约一半在五十年代初已分隔供两家居住，“文革”前这里住户约二十家。六十三号校长住宅自马寅初先生因过早提出人口问题而迁走后，很长时间都空着。西北角的小楼则是校党委统战部办公室，据说还是冰心前辈举行“第一次宴会”的地方。有一个游戏场，设秋千、跷板、沙坑等物。不过那时这里的子女辈多已在青年，忙着工作和改造，很少有闲情逸致来游戏。

每栋房屋照原来设计各有特点，如五十六号遍植樱花，春来如雪。周培源先生在此居住多年，我曾戏称之为周家花园，以与樱桃沟争胜。五十四号有大树桃花，从楼上倚窗而望，几乎可以伸手攀折，不过桃花映照的不是红颜，而是白发。六十一号的藤萝架依房屋形势搭成斜坡，紫色的花朵逐渐高起，直上楼台。随着时光流逝，各种花木减了许多。藤萝架已毁，桃树已斫，樱花也稀落多了。这几年万物复苏，有余力的人家都注意绿化，种些植物，却总是不时被修理下水道、铺设暖气管等工程毁去。施工的沟成年累月不填，各种器械也成年累月堆放，高高低低，颇有些惊险意味。

这只不过是最表面的变化。迁来这里已是第三十四个春天了。三十四年，可以是一个人的一辈子，做出辉煌事业的一辈子。三十四年，婴儿已过而立，中年重逢花甲，老人则不得不撒手另换世界了。燕南园里，几乎每一栋房屋都经历了丧事。

最先离去的是汤用彤先生。我们是紧邻。一九六四年的一天，他和我的父亲同往《人民日报》开会批判胡适先生，回来车到家口，他忽然说这是到了哪里，找不到自己的家。那便是中风先兆了，不久逝世。记得曾见一介兄从后角门进来，臂上挂着一根手杖。我当时想，汤先生再也用不着它了。以后在院中散步，眼前常浮现老人矮胖的身材，团团的笑脸。那时觉得死亡真是不可思议的事。

一九七七年我自己的母亲去世后，死亡不再是遥远的了，而重重地压在心上，却又让人觉得空落落，难于填补。虽然对死亡已渐熟悉，后来得知魏建功先生在一次手术中意外地去世时，还是很惊诧。魏家迁进那座曾空了许久的六十三号院，是在七十年代初，但那时它已是个大杂院了。魏太太王碧书曾和我的母亲说起，魏先生对她说过，解放以来经过多少次运动，想着这回可能不会有什么大错了，不想更错！当时两位老太太不胜慨叹的情景，宛在目前。

六十五号哲学系郑昕先生，后迁来的东语系马坚先生和抱病多年的老住户历史系齐思和先生俱以疾终。一九八二年父亲和我从美国回来不久，我的弟弟去世，在悲苦忙乱之余忽然得知五十二号黄子卿先生也去世了。黄先生除是化学家外，擅长旧体诗，有唐人韵味。老一代专家的修养，实非后辈所能企及。

女植物学家吴素萱先生原在北大，后调植物所工作，一直没有搬家。七十年代末期，我进城开会，常与她同路。她每天六点半到公共汽车站，非常准时。我常把校园里的植物向她请教。她都认真回答，一点也不以门外汉的愚蠢为可笑。她病逝后约半年，《人民日报》刊登了一张她在看显微镜的照片，当时传为奇谈。不过我想，这倒是这些先生们总的写照。九泉之下，所想的也是那点学问。

冯定同志是老干部，和先生们不同。在五十五号住了几十年，受批判也有几十年了。他有名句言："无错不当检讨的英雄。"不管这是针对谁的，我认为这是一句好话，一句有骨气的话。听说一个小偷到他家行窃，破窗而入，翻了半天才发现有人坐在屋中，连忙仓皇逃走。冯定对他说："下回请你从门里进来。"这位老同志在久病备受折磨之后去世了。到他为止，燕南园向人世告别的"户主"已有十人。

但上天还需要学者。一九八六年五月六日，朱光潜先生与世长辞。

朱家在"文革"后期从燕东园迁来，与人合住原统战部小楼。那时燕南园已约有八十余户人家，兴建了一座公厕，可谓"文革"中的新生事物。现在又经翻修，成为园中最显眼的建筑。朱家也曾一度享用它。据朱太太奚今吾说，雨雪时先由家人扫出小路，老人再打着伞出来。令人庆幸的是北京晴天多。以后大家生活渐趋安定，便常见一位瘦小老人在校园中活动，早上举着手杖小跑，下午在体育馆前后慢走。我以为老先生大都像我父亲一样，耳目失其聪明，未必认得我。不料他还记得，还知道我的近况，不免暗自惭愧。

我没上过朱先生的课，来往也不多。一九六〇年十月我调往《世界文学》编辑部，评论方面任务之一是发表古典文艺理论。我们组到的第一篇稿子是朱先生摘译的莱辛名著《拉奥孔：论画和诗的界限》，原书十六万字，朱先生摘译了两万多字，发表在一九六〇年十二月《世界文学》上。记得朱先生在译后记中论及莱辛提出的为什么拉奥孔在雕刻里不哀号在诗里却哀号的问题。他用了化美为媚的说法。并曾对我说用“媚”字译charming最合适。媚是流动的，不是静止的；不只是外貌的形状，还有内心的精神。“回头一笑百媚生”，那“生”字多么好！我一直记得这话。一九六一年下半年他又为我们选择了一组文艺复兴时代意大利文艺理论，都极精彩。两次译文的译后记都不长，可是都不只有材料上的帮助，且有见地。朱先生曾把文学批评分为四类，以导师自居、以法官自命、重考据和重在自己感受的印象派批评。他主张后者，这种批评不掉书袋，却需要极高的欣赏水平，需要洞见。我看现在《读书》杂志上有些文章颇有此意。

也不记得为什么，有一次追随许多老先生到香山，一个办事人自言自语：“这么多文曲星！”我便接着想，用满天云锦形容是否合适，满天云锦是由一片片霞彩组成的。不过那时只顾欣赏山的颜色，没有多注意人的活动。在玉华山庄一带观赏之余，我说我从未上过“鬼见愁”呢，很想爬一爬。朱先生正坐在路边石头上，忽然说，他也想爬上“鬼见愁”。那年他该是近七十了，步履仍很矫健。当时因时间关系，不能走开，便说以后再来。香山红叶的霞彩变换了二十多回，我始终没有一偿登“鬼见愁”的夙愿，也许以后真会去一次，只是永不能陪同朱先生一起登临了。

“文革”后期政协有时放电影，大家同车前往。记得一次演了一部大概名为《万紫千红》的纪录片，有些民间歌舞。回来时朱先生很高兴，说：“这是中国的艺术，很美！”他说话的神气那样天真。他对生活充满了浓厚的感情和活泼泼的兴趣，也只有如此情浓的人，才能在生活里发现美，才有资格谈论美。正如他早年一篇讲人生艺术化的文章所说，文章忌俗滥，生活也忌俗滥。如季札挂剑、夷齐采薇这种严肃的态度，是道德的也是艺术的。艺术的生活又是情趣丰富的生活。要在生活中寻求趣味，不能只与蝇蛆争温饱。记得他曾与他的学生澳籍学者陈兆华去看莎士比亚的一个剧，回来要不到出租车。陈兆华为此不平，曾投书《人民日报》。老先生潇洒地认为，看到了莎剧怎样辛苦也值得。

朱先生从《给青年的十二封信》开始，便和青年人保持着联系。我们这一批青年人已变为中年而接近老年了，我想他还有真正的青年朋友，这是毕生从事教育的老先生之福。就朱先生来说，其中必有奚先生内助之功，因为这需要精力、时间。他曾要我把新出的书带到澳洲给陈兆华，带到社科院外文所给他的得意门生朱虹。他的学生们也都对他怀着深厚的感情。朱虹现在还怪我得知朱先生病危竟不给她打电话。

然而生活的重心、兴趣的焦点都集中在工作，时刻想着的都是各自的那点学问，这似乎是老先生们的共性。他们紧紧抓住不多了的时间，拼命吐出自己的丝，而且不断要使这丝更亮更美。有人送来一本澳大利亚人写的美学书，找我请朱先生看看值得译否。我知道老先生们的时间何等宝贵，实不忍打扰，又不好从我这儿驳回，便拿书去试一试。不料他很感兴趣，连声让放下，他愿意看，看看人家有怎样的说法，看看是否对我国美学界有益。据说康有为曾有议论，他的学问在二十九岁时已臻成熟，以后不再求改。有的老先生寿开九秩，学问仍和六十年前一样，不趋时尚固然难得，然而六十年不再吸收新东西，这六十年又有何用？朱先生不是这样。他总在寻求，总在吸收，有执着也有变化。而在执着与变化之间，自有分寸。

老先生们常住医院，我在省视老父时如有哪位在，便去看望。一次朱先生恰住隔壁，推门进去时，见他正拿着稿子卧读。我说："不准看了。拿着也累，看也累！"便取过稿子放在桌上。他笑着接受了管制。若是自己家人，他大概要发脾气的，这是他生命中最重要的事啊。他要用力吐他的丝，用力把他那片霞彩照亮些。

奚先生说，朱先生一年前患脑血栓后脾气很不好。他常以为房间中哪一处放着他的稿子，但实际上没有，便烦恼得不得了。在香港大学授予他荣誉学位那天，他忽然不肯出席，要一个人待着，好容易才劝得去了。一位一生寻求美、研究美，以美为生的学者在老和病的障碍中的痛苦是别人难以想象的。他现在再没有寻求的不安和遗失的烦恼了。

文成待发，又传来王力先生仙逝的消息。我家与王家在昆明龙头村便是邻居，燕南园中对门而居也已三十年了。三十年风风雨雨，也不过一眨眼的工夫。父亲九十大寿时，王先生和王太太夏蔚霞曾来祝贺，他们还去向朱先生告别，怎么就忽然一病不起！王先生一生无党无派，遗命夫妇合葬，墓碑上要刻他一九八〇年写的赠内诗。中有句云："七省奔波逃犭严犹，一灯如豆伴凄凉。""今日桑榆晚景好，共祈百岁老鸳鸯。"可见其固守纯真之情，不与纷扰。各家老人转往万安公墓相候的渐多，我简直不敢往下想了，只有祷念龙虫并雕斋主人安息。

十六栋房屋已有十二户主人离开了。这条路上的行人是不会断的。他们都是一缕光辉的霞彩，又组成了绚烂的大片云锦，照耀过又消失，像万物消长一样。霞彩天天消去，但是次日还会生出。在东方，也在西方，还在青年学子的双颊上。

人老燕园

“人老燕园”这个题目，在心中已存放许久了。当时想的是父辈的老去。他们先是行动不便，然后坐在轮椅上，然后索性不能移动了。近年来，燕南园中年轻人愈来愈少。邻居中原来健步如飞的已用上发亮的助步器，原来拙于行的已要人搀扶了。我们的近邻磁学专家褚圣麟教授年过九十，前几天在燕南园边上找不着路回家。当时细雨迷蒙，夜色已降，一盏昏黄的路灯照着跌跌撞撞的老人。幸有学生往褚宅报信。老先生又不认得来接的人，问：“你是谁？这是上哪儿去？”

“是谁？”“上哪儿去？”这是永恒的问题。我听到描述时，心中充满凄凉。人们的道路不同，这就是“是谁”；路的尽头则一定是那长满野百合花的地方，人们从生下来便向那里走，这就是“上哪儿去”。

老父去世以后，燕南园中平稳了两年，接下来的是江泽涵先生和夫人蒋守方。

江先生是拓扑学引进者，几何学权威。在昆明西仓坡，我们便对门而居，到燕南园后又是几十年的邻居，江老先生总随着三个男孩称我为“冯姐姐”。他老来听力极差，又患喉癌，说话困难，常常十分烦躁，江家诸弟便要开导他：“看看人家冯先生，从来都是那么心平气和。”蒋、江二先生先后去世，相差不过十天。江先生去世时，并不知蒋先生已先他而去，两人最后的时光都拘禁在病室中，只凭儿孙传递消息。记得有一次我去他家探望，正值修理房子，屋里很乱，江先生用点表示家具、什物，用线表示距离，作了一个图论的图，以求搬动的最佳方案。他向我讲解，可惜如对牛弹琴。江家老二说江先生的墓碑上要刻一个拓扑图形。想到这拓扑图形将也掺杂在拥挤的墓碑群中，很是黯然。

十月间我有香港之行，不过十天，回来得知张龙翔先生去世，十分惊讶。张先生是生物化学家，八十年代曾任北大校长。九月间诸位老太太在张家小聚，我也忝列，还见他走来走去。张先生多年前曾患癌症，近年转到颈椎，不能起床，十分险恶。但经医疗和家人的用心调护，他竟能站立，能行走，而且出去开会。我总说张先生是真正的抗癌明星，怎么一下子就去世了呢?

五十六号房屋继失去周培源先生之后，又一次失去了主人，唯有庭前树木依旧。

而我真又想到用“人老燕园”这个题目来作文，是因为自己渐增老态。多少年来我一直和疾病做斗争，总认为病是可以战胜的。我有信心，人能战胜疾病，人比疾病强大，也常以此鼓励病友。《牛天赐传》里牛天赐抱怨说："从脑袋瓜子到脚步丫子都是痛的。"我倒没有这样全方位发作，但却从头到脚轮流突出，不是这儿不舒服，就是那儿不舒服。近年忽然发现这麻烦不止因病且因为老，而老是不可逆转、不可战胜的。

五月间我下台阶到院中收衣服，当时因自觉能干颇为得意，不料从台阶上摔下，崴了脚，造成跖骨骨折。全家为此折腾了三个多月，先是去校医院拍片子、上石膏，直到最后煎中药洗脚。坐着轮椅参加了两次集会。七月六日华艺出版社向希望工程赠书，其中包括新出版的《宗璞文集》，我坐轮椅前往参加，人家看我坐轮椅而来，不知我是何许人，想想实在滑稽。

又一次北大纪念闻一多先生，我又坐轮椅前往，会议厅在二楼，却无电梯。北大副校长郝斌同志看见我，说："怎么搞的！你等等，别动！"呼啦一下来了好几个年轻人，将我抬上二楼，会议结束后，又将我抬下来。我看不清眼前的人，只知道他们都年轻，是青春的力量抬动我，要上便上，要下便下。我无法一一致谢，只好念念有词"多谢，多谢"。朋友们得知我摔伤，都说这是警告，往后一切要小心，因为人已经老了。

可不是么，人已经老了。

儿时的友伴徐恒（糜岐），原是物理系学生，后来是我国第一代播音员。她常打电话来问痊愈到什么程度，知道我已除去石膏，正洗中药，便说要来看看。她来了，坐定后见我走路东歪西倒的样子，便要我好好走路，走时不怕慢，但不能跛，并对仲说"不让她这样走路"。

我一想起靡岐的话，便很感动，还有几个人这样操心管着我呢。在准兄弟姐妹中，靡岐是大姐，她是徐炳昶先生的长女，大姐做惯了。说起徐炳昶先生，也是河南唐河人。三十年代曾任北平研究院历史所所长。唐河有个传说，不知在哪个朝代，根据风水先生的意见，计划在唐河县城的四角建造四座塔，说是可以出人才。只造好了两个塔，就停了工，可能是没有经费。于是只出了两个名人（其实唐河人才济济），一个是冯友兰，一个是徐炳昶。我们和徐家有点儿拐弯亲戚关系，算起来靡岐还要高我一辈呢。近日，友人从美国寄来一份剪报，不知是哪家报纸刊登的一篇短文，题为“冯友兰二三事”，其中所言多系想象。文中说冯友兰和徐炳昶曾经为入河南省志问题而动手相打，我在电话上念给靡岐听，两人都大笑，互问你的牙掉了没有！这些胡说作为花絮还只是令人笑，可有些研究文章一本正经地把瞎话说得那么流畅，完全置事实于不顾，且为违背事实编造出理论，南辕北辙，愈走愈远，真令人悲哀。

话说远了，以前作文似乎比较严谨，现在这样也是老态吧。另一不妙的事是自进入九十年代，我每年十月间好发气管炎，咳嗽剧烈，不能安枕。年年南逃也很麻烦，在仲的坚持下安置了土暖气，于学校供暖之前，自己先行供暖。那火头军是心甘情愿的。见他头戴浴帽，下到地窖子去对付火炉，总担心他会摔倒。只赢得嘲笑说太爱瞎想。一天，他忽然说：“再过几年，我做不动了，怎么办？”

怎么办呢？其实用不着想。再过几年，我是否还需要温暖的房间？

自南方回来已十多天了。一夜的雨，天阴沉沉，地面到处湿漉漉，本来还是绿着的玉簪，一夜之间枯黄了。读《静安文集》有句云“天色凄凉似病夫”，不觉悚然而惊。又想起几句《人间词话》：“最是人间留不住，朱颜辞镜花辞树”“君看今日树头花，不是去年枝上朵”。乃又联想到法国诗人维龙的句子：“去年的雪今何在？”去年的花和雪永不能再，今年是今年的花和雪了。从王国维想到叔本华，年轻时很喜欢叔本华的哲学，现在连为什么也说不清。只模糊记得那“永久的公道”。叔本华说，世界之自身，即是世界之判词。他以为：意志肯定自己，乃有苦痛；则应负其责任，受其苦痛。这就是“永久的公道”。人类简直没有逃出苦痛的希望。又记得这位老先生论艺术，说美是最高的善。想查书弄明白些，连书也找不到了。

雨停了，扶杖到角门外，见地下一片黄灿灿，铺成圆形，宛如一张华丽的地毯。原来是角门边大银杏树的落叶，仰望大树，光秃秃的枝干在天空刻上窄窄的线条。树不会跌倒，无须扶杖，但是它也会老。只是比人老得慢一些。

门外向南的一条直路，两边都是年轻的银杏树，叶子也已落尽，扫掉了。这条路通向学生宿舍。年轻的人在年轻的树下来来去去。转过身来，猛然间看见墙边凋残的月季枝头，居然有两朵红花，仰着头，开得鲜艳。

第二部分

花开，无拘无束无碍

花和人都会遇到各种各样的不幸，

但是生命的长河是无止境的。

紫藤萝瀑布

我不由得停住了脚步。

从未见过开得这样盛的藤萝，只见一片辉煌的淡紫色，像一条瀑布，从空中垂下，不见其发端，也不见其终极，只是深深浅浅的紫，仿佛在流动，在欢笑，在不停地生长。紫色的大条幅上，泛着点点银光，就像迸溅的水花。仔细看时，才知那是每一朵紫花中的最浅淡的部分，在和阳光互相挑逗。

这里春红已谢，没有赏花的人群，也没有蜂围蝶阵。有的就是这一树闪光的、盛开的藤萝。花朵儿一串挨着一串，一朵接着一朵，彼此推着挤着，好不活泼热闹！

“我在开花！”它们在笑。

“我在开花！”它们嚷嚷。

每一穗花都是上面的盛开、下面的待放。颜色便上浅下深，好像那紫色沉淀下来了，沉淀在最嫩最小的花苞里。每一朵盛开的花像是一个张满了的小小的帆，帆下带着尖底的舱。船舱鼓鼓的，又像一个忍俊不禁的笑容，就要绽开似的。那里装的是什么仙露琼浆？我凑上去，想摘一朵。

但是我没有摘。我没有摘花的习惯。我只是伫立凝望，觉得这一条紫藤萝瀑布不只在我眼前，也在我心上缓缓流过。流着流着，它带走了这些时一直压在我心上的焦虑和悲痛，那是关于生死谜、手足情的。我浸在这繁密的花朵的光辉中，别的一切暂时都不存在，有的只是精神的宁静和生的喜悦。

这里除了光彩，还有淡淡的芳香，香气似乎也是浅紫色的，梦幻一般轻轻地笼罩着我。忽然记起十多年前家门外也曾有过一大株紫藤萝，它依傍着一株枯槐，爬得很高，但花朵从来都稀落，东一穗西一串伶仃地挂在树梢，好像在察言观色，试探什么。后来索性连那稀零的花串也没有了。园中别的紫藤花架也都拆掉，改种了果树。那时的说法是，花和生活腐化有什么必然关系。我曾遗憾地想：这里再看不见藤萝花了。

过了这么多年，藤萝又开花了，而且开得这样盛，这样密，紫色的瀑布遮住了粗壮的盘虬卧龙般的枝干，不断地流着，流着，流向人的心田。

花和人都会遇到各种各样的不幸，但是生命的长河是无止境的。我抚摸了一下那小小的紫色的花舱，那里满装生命的酒酿，它张满了帆，在这闪光的花的河流上航行。它是万花中的一朵，也正是由每一个一朵，组成了万花灿烂的流动的瀑布。

在这浅紫色的光辉和浅紫色的芳香中，我不觉加快了脚步。

丁香结

今年的丁香花似乎开得格外茂盛，城里城外，都是一样。城里街旁，尘土纷嚣之间，忽然呈出两片雪白，顿使人眼前一亮，再仔细看，才知是两行丁香花。有的宅院里探出半树银妆，星星般的小花缀满枝头，从墙上窥着行人，惹得人走过了还要回头望。

城外校园里丁香更多。最好的是图书馆北面的丁香三角地，种有十数棵白丁香和紫丁香。月光下白的潇洒，紫的朦胧。还有淡淡的幽雅的甜香，非桂非兰，在夜色中也能让人分辨出，这是丁香。

在我住了断续近三十年的斗室外，有三棵白丁香。每到春来，伏案时抬头便见檐前积雪。雪色映进窗来，香气直透毫端。人也似乎轻灵得多，不那么浑浊笨拙了。从外面回来时，最先映入眼帘的，也是那一片莹白，白下面透出参差的绿，然后才见那两扇红窗。我经历过的春光，几乎都是和这几树丁香联系在一起的。那十字小白花，那样小，却不显得单薄。许多小花形成一簇，许多簇花开满一树，遮掩着我的窗，照耀着我的文思和梦想。

古人词云：“芭蕉不展丁香结”[1]，“丁香空结雨中愁”[2]。在细雨迷蒙中，着了水滴的丁香格外妩媚。花墙边两株紫色的，如同印象派的画，线条模糊了，直向窗前的莹白渗过来。让人觉得，丁香确实该和微雨连在一起。

只是赏过这么多年的丁香，却一直不解，何以古人发明了丁香结的说法。今年一次春雨，久立窗前，望着斜伸过来的丁香枝条上的一柄花蕾。小小的花苞圆圆的，鼓鼓的，恰如衣襟上的盘花扣。我才恍然，果然是丁香结。

丁香结，这三个字给人许多想象。再联想到那些诗句，真觉得它们负担着解不开的愁怨了。每个人一辈子都有许多不顺心的事，一件完了一件又来。所以丁香结年年都有。结，是解不完的；人生中的问题，也是解不完的。不然，岂不太平淡无味了吗？

小文成后一直搁置，转眼春光已逝。要看满城丁香，需待来年了。来年又有新的结待人去解——谁知道是否解得开呢。

---

① 出自唐代李商隐的《代赠二首》。

② 出自五代李璟的《摊破浣溪沙·手卷真珠上玉钩》。

松侣

一位朋友曾说她从未注意过木槿花是什么样儿，我答应院中木槿花开时，邀她来看。这株木槿原在窗前，为了争得光线，春末夏初时我把它移到篱边。它很挣扎了一阵，活下来了，可是秋初着花时节，一朵未见。偶见大图书馆前两排木槿，开着紫、白、红各色的花朵，便想通知朋友，到那里观看。不知有什么事，一天天因循，未打电话。过了些时，偶然走过图书馆，却见两排绿树，花朵已全落尽了。一路很是怅然，似乎不只失信于朋友，也失信于木槿花。又因木槿花每一朵本是朝开夕谢的，不免伤时光之不再，联想到自己的疾病，不知还剩几多日子。

回到家里，站在院中三棵松树之间，那点脆弱的感怀忽然消失了。我感到镇定平静。三松中的两棵高大稳重，一株直指天空，另一株过房顶后作九十度折角，形貌别致，都似很有魅力，可以倚靠。第三棵不高，枝条平伸作伞状，使人感到亲切。它们似乎说，好了，不要小资情调了，有我们呢。

它们当然是不同的。它们不落叶，无论冬夏，常给人绿色的遮蔽。那绿色十分古拙，不像有些绿色的鲜亮活跳。它们也是有花的，但不显著，最后结成松塔掉下来，带给人的是成熟的喜悦，而不是凋谢的惆怅。它们永远散发着清净的气息，使得人也清爽，据说像负离子发生器一样，有着实实在在的医疗作用。

更何况三松和我的父亲是永远分不开的。我的父亲晚年将这住宅命名为“三松堂”，言“庭中有三松抚而盘桓，较渊明犹多其二焉”（《三松堂自序》之自序），其寄意深远，可以揣摩。我站在三松之下感到安心，大概因为同时也感到父亲的思想、父亲的影响和那三松的华盖一样，仍在荫庇着我。

父母在堂时，每逢节日，家里总是很热闹。七十年代末，放鞭炮之风还未盛，我家得风气之先，不只放鞭炮，还要放花，一道道彩光腾空而起，煞是好看。这时大家又笑又叫。少年人持着竹竿，孩子们躲在大人身后探出个小脑袋。放花放炮的乐趣就在此了。放了几年，家里人愈来愈少了。剩下的人还坚持这一节目。有一次一个闪光雷放上去，其中一些纸燃烧着落到松树顶上，一枝松针马上烧起来，幸亏比较靠边，往上浇水还能泼到，及时扑灭了。浇水的人和树一样，也成了落汤鸡。以后因子侄辈纠缠，也还放了两年。再以后，没有高堂可娱，青年人又都各奔前程，几乎走光，三松堂前便再没有节日的喧闹。

这一切变迁，三松和院中的竹子、丁香、藤萝、月季、玉簪都曾亲见。其中松树无疑是祖字辈的，阅历最多，感怀最深，却似乎最无话说。只是常绿常香，默默地立在那里，让人觉得，累了时它总是可以靠一靠的。

这三棵松树似是家中的一员，是亲人，是长辈。燕园中还有许许多多松柏枞桧这类的树，便是我的好友了。

在第二体育馆之北，六座中西合璧的庭院之间，有一片用松墙围起来的园子，名为静园。这里原来是没有墙的，有的是草地、假山，又宽又长的藤萝架。“文革”中，这些花草因有不事生产的罪名，全被铲除，换上了有出息的果树，又怕人偷果子，乃围以松墙。我对这一措施素不以为然，静园也很少去。

这两年，每天清晨坚持散步，据说这是我性命攸关的大事，未敢稍懈。散步的路径，总寻找松柏之处，静园外超过千步的松墙边便成为好地方。一到墙边，先觉清气扑人，一路走下去，觉得全身的血液都换过了。

临湖轩前有一处三角地，也围着松墙。其中一段路两边皆松，成为夹道。那松的气息，更是向每个毛孔渗来。一次雨后，走过夹道，见树顶上一片云气蒸腾，树枝上挂满亮晶晶的水珠，蜘蛛网也成了彩色的璎珞，最主要的是那气息，清到浓重的地步，劈头盖脸将人包裹住了。这时便想，若不能健康地活下去，实在愧对造化的安排。

走出夹道不远，有一处小松林，有白皮松、油松等，空气自然是好的。我走过时，总见六七位老太太在一起做操，一面拍拍打打，一面大声谈家常。譬如昨天谁的媳妇做的什么饭，谁的孙子念的什么书。松树也不嫌聒噪，只管静静地进行负离子疗法。

中国文学中一直推崇松的品格，关于松的吟咏很多。松树的不畏岁寒，正可视为不阿时不媚俗的一种气节。这是士应有的精神境界，所以都愿意以松为友。白居易《庭松》诗云：

> 朝昏有风月，燥湿无尘泥。疏韵秋瑟瑟，凉荫夏萋萋。春深微雨夕，满叶珠蓑蓑。岁暮大雪天，压枝玉皑皑。四时各有趣，万木非其侪。……即此是益友，岂必须贤才。顾我犹俗士，冠带走尘埃。未称为松主，时时一愧怀。

最后两句用松之德要求自己勉励自己，要够格做松的主人。松不只给人安慰，给人健康，还在道德上引人向上，世之益友，又有几人能做到呢？

自然界中，能为友侣的当然不只松柏一类。虽木槿之短暂，也有它的作用与位置。人若能时时亲近大自然，会较容易记住自己的本色。嵇康有诗云：

> 目送归鸿，手挥五弦。
> 俯仰自得，游心太玄。

纵然手不能举足不能抬，纵然头上悬着疾病的利剑，我们也要俯仰自得，站稳自己的位置。

好一朵木槿花

又是一年秋来，洁白的玉簪花挟着凉意，先透出冰雪的消息。美人蕉也在这时开放了。红的黄的花，耸立在阔大的绿叶上，一点不在乎秋的肃杀。以前我有“美人蕉不美”的说法，现在很想收回。接下来该是紫薇和木槿。在我家这以草为主的小园中，它们是外来户。偶然得来的枝条，偶然插入土中，它们就偶然地生长起来。紫薇似娇气些，始终未见花。木槿则已两度花发了。

木槿以前给我的印象是平庸。“文革”中许多花木惨遭摧残，它却得全性命，陪伴着显赫一时的文冠果，免得那钦定植物太孤单。据说原因是它的花可食用，大概总比草根树皮好些吧。学生浴室边的路上，两行树挺立着，花开有紫、红、白等色，我从未仔细看过。

近两年木槿在这小园中两度花发，不同凡响。

前年秋至，我家刚从死别的悲痛中缓过气来不久，又面临了少年人的生之困惑。我们不知道下一分钟会发生什么事，陷入极端惶恐中。我在坐立不安时，只好到草园踱步。那时园中荒草没膝，除我们的基本队伍——亲爱的玉簪花外，只有两树忍冬，结了小红果子，玛瑙扣子似的，一簇簇挂着。我没有指望还能看见别的什么颜色。

忽然在绿草间，闪出一点紫色，亮亮的，轻轻的，在眼前转了几转。我忙拨开草丛走过去，见一朵紫色的花缀在不高的绿枝上。

这是木槿。木槿开花了，而且是紫色的。

木槿花的三种颜色，以紫色最好。那红色极不正，好像颜料没有调好；白色的花，有老伙伴玉簪已经够了。最愿见到的是紫色的，好和早春的二月兰、初夏的藤萝相呼应，让紫色的幻想充满在小园中，让风吹走悲伤，让梦留着。

惊喜之余，我小心地除去它周围的杂草，做出一个浅坑，浇上水。水很快渗下去了。一阵风过，草面漾出绿色的波浪，薄如蝉翼的娇嫩的紫花在一片绿波中歪着头，带点调皮，却丝毫不知道自己显得很奇特。

去年，月圆过四五次后，几经洗劫的小园又一次遭受磨难。园旁小兴土木，盖一座大有用途的小楼。泥土、砖块、钢筋、木条全堆在园里，像是零乱地长出一座座小山，把植物全压在底下。我已习惯了这类景象，知道毁去了以后，总会有新的开始，尽管等的时间会很长。

没想到秋来时，一次走在这崎岖山路上，忽见土山一侧，透过砖块钢筋伸出几条绿枝。绿枝上，一朵紫色的花正在颤颤地开放！

我的心也震颤起来，一种悲壮的感觉攫住了我。土埋大半截了，还开花！

我跨过障碍，走近去看这朵从重压下挣扎出来的花。仍是娇嫩的薄如蝉翼的花瓣，略有皱褶，似乎在花蒂处有一根带子束住，却又舒展自得，它不觉环境的艰难，更不觉自己的奇特。

忽然觉得这是一朵童话中的花，拿着它，任何愿望都会实现，因为持有的，是面对一切苦难的勇气。

紫色的流光抛撒开来，笼罩了凌乱的工地。那朵花冉冉升起，倚着明亮的紫霞，微笑地俯看着我。

今年果然又有一个开始。小园经过整治，不再以草为主，所以有了对美人蕉的新认识。那株木槿高了许多，枝繁叶茂，但是重阳已届，仍不见花。

我常在它身旁徘徊，期待着震撼了我的那朵花。

它不再来。

即使再有花开，也不是去年的那一朵了。也许需要纪念碑，纪念那逝去了的，昔日的悲壮？

猫冢

十月份到南方转了一圈，成功地逃避了气管炎和哮喘——那在去年是发作得极剧烈的。月初回到家里，满眼已是初冬的景色。小径上的落叶厚厚一层，树上倒是光秃秃的了。风庐屋舍依旧，房中父母遗像依旧，我觉得一切似乎平安，和我们离开时差不多。

见过了家人以后，觉得还少了什么。少的是家中另外两个成员——两只猫。“媚儿和小花呢？”我和仲同时发问。

回答说，它们出去玩了，吃饭时会回来。午饭之后是晚饭，猫儿还不露面。晚饭后全家在电视机前小坐，照例是少不了两只猫的。媚儿常坐在沙发扶手上，小花则常蹲在地上，若有所思地望着我，我总是和它说话，问它要什么，一天过得好不好。它以打呵欠来回答。有时就试图坐到膝上来，有时则看看门外，那就得给它开门。

可这一天它们不出现。

“小花，小花，快回家！”我开了门灯，站在院中大声召唤。

因为有个院子，屋里屋外，猫们来去自由，平常晚上我也常常这样叫它，叫过几分钟后，一个白白圆圆的影子便会从黑暗里浮出来，有时快步跳上台阶，有时走两步停一停，似乎是闹着玩。有时我大开着门它却不进来，忽然跳着抓小飞虫去了，那我就不等它，自己关门。一会儿再去看时，它坐在台阶上，一脸期待的表情，等着开门。

小花被家人认为是我的猫。叫它回家是我的差事，别人叫，它是不理的，仲因为给它洗澡，和它隔阂最深。一次仲叫它回家，越叫它越往外走，走到院子的栅栏门了，忽然回头见我出来站在屋门前，它立刻转身飞箭似的跑到我身旁。没有衡量，没有考虑，只有天大的信任。

对这样的信任我有些歉然，因为有时我也不得不哄骗它，骗它在家等着，等到的是洗澡。可它似乎认定了什么，永不变心，总是坐在我的脚边，或睡在我的椅子上。再叫它，还是高兴地回家。

可是现在，无论怎么叫，只有风从树枝间吹过，好不凄冷。

七十年代初，一只雪白的、蓝眼睛的狮子猫来到我家，我们叫它狮子，它活了五岁，在人来讲，约三十多岁，正在壮年。它是被人用鸟枪打死的。当时正生过一窝小猫，好的送人了，只剩一只长毛三色猫，我们便留下了它，叫它花花。花花五岁时生了媚儿，因为好看，没有舍得送人。花花活了十岁左右，也还有一只小猫没有送出。也是深秋时分，它病了，不肯在家，曾回来有气无力地叫了几声，用它那妩媚温顺的眼光看着人，那是它的告别了。后来忽然就不见了。猫不肯死在自己家里，怕给人添麻烦。

孤儿小猫就是小花，它是一只非常敏感，有些神经质的猫，非常注意人的脸色，非常怕生人。它基本上是白猫，头顶、脊背各有一块乌亮的黑，还有尾巴是黑的。尾巴常蓬松地竖起，如一面旗帜招展，很有表情。它的眼睛略呈绿色，目光中常有一种若有所思的神情。我常常抚摸它，对它说话，觉得它不知什么时候就会回答。若是它忽然开口讲话，我一点不会奇怪。

小花有些狡猾，心眼儿多，还会使坏。一次我不在家，它要仲给它开门，仲不理它，只管自己坐着看书。它忽然纵身跳到仲膝上，极为利落地撒了一泡尿，仲连忙站起时，它已方便完毕，躲到一个角落去了。“连猫都斗不过！”成了一个话柄。

小花也是很勇敢的，有时和邻家的猫小白或小胖打架，背上的毛竖起，发出和小身躯全不相称的吼声。“小花又在保家卫国了。”我们说。它不准邻家的猫践踏草地。猫们的界限是很分明的，邻家的猫儿也不欢迎客人。但是小花和媚儿极为友好地相处，从未有过纠纷。

媚儿比小花大四岁，今年已快九岁，有些老态龙钟了。它浑身雪白，毛极细软柔密，两只耳朵和尾巴是一种娇嫩的黄色。小时可爱极了，所以得一“媚儿”之名。它不像小花那样敏感，看去有点儿傻乎乎。它曾两次重病，都是仲以极大的耐心带它去小动物门诊，给它打针服药，终得痊愈。两只猫洗澡时都要放声怪叫。媚儿叫时，小花东藏西躲，想逃之夭夭。小花叫时，媚儿不但不逃，反而跑过来，想助一臂之力。其憨厚如此。它们从来都用一个盘子吃饭。小花小时，媚儿常让它先吃。小花长大，就常让媚儿先吃。有时一起吃，也都注意谦让。我不免自夸几句：“不要说郑康成婢能诵毛诗，看看咱们家的猫！”

可它们不见了！两只漂亮的、各具性格的、懂事的猫，你们怎样了？

据说我们离家后几天中，小花在屋里大声叫，所有的柜子都要打开看过。给它开门，又不出去。以后就常在外面，回来的时间少，以后就不见了，带着爱睡觉的媚儿一起不见了。

“到底是哪天不见的？”我们追问。

都说不清，反正好几天没有回来了。我们心里沉沉的，找回的希望很小了。

“小花，小花，快回家！”我的召唤在冷风中，向四面八方散去。

没有回音。

猫其实不仅是供人玩赏的宠物，它对人是有帮助的。我从来没有住过新造成的房子，旧房就总有鼠患。在城内乃兹府居住时，老鼠大如半岁的猫，满屋乱窜，实在令人厌恶，抱回一只小猫，就平静多了。风庐中鼠洞很多，鼠们出没自由。如有几个月无猫，它们就会偷粮食，啃书本，坏事做尽。若有猫在，不用费力去捉老鼠，只要坐着，甚至睡着喵呜几声，鼠们就会望风而逃。一次父亲和我还据此讨论了半天“天敌”两字。猫是鼠的天敌，它就有灭鼠的威风！驱逐了鼠的骚扰，面对猫的温柔娇媚，感到平静安详，赏心悦目，这多么好！猫实在是人的可爱而有力的朋友。

小花和媚儿的毛都很长，很光亮。看惯了，偶然见到紧毛猫，总觉得它没穿衣服。但长毛也有麻烦处，它们好像一年四季都在掉毛，又不肯在指定的地点活动，以致家里到处是猫毛。有朋友来，小坐片刻，走时一身都是猫毛，主人不免尴尬。

一周过去了，没有踪影。也许有人看上了它们那身毛皮——亲爱的小花和媚儿，你们究竟遇到了什么！

我们曾将狮子葬在院门内枫树下，大概早融在春来绿如翠、秋至红如丹的树叶中了。狮子的儿孙们也一代又一代地去了，它们虽没有葬在家内，也各自到了生命的尽头。“前不见古人，后不见来者”，生命只有这么有限的一段，多么短促。我亲眼看见猫儿三代的逝去，是否在冥冥中，也有什么力量在看着我们一代又一代地消逝呢。

京西小巷槐树街

这是一条长不足百米的胡同。两侧皆植槐树，掩映着一个个小宅院。名为槐树街，可谓名副其实。这一带街道，再没有种槐树的，若寻槐树街，认准槐树便是。

可能因为短小，人们说到它时，加之以儿——槐树街儿，似乎很亲热。树荫后面人家，经过许多变迁了，门前高台阶大都破旧不堪，双扇院门上的对联字迹模糊，很难辨认。有些双扇门已改为房门一样的单扇门了，开在胡同里，有点儿不伦不类。但那门前歪斜的台阶，门上剥落的字迹，以及两行槐树，仍然像北京的数千条胡同一样，给人一种遥远的、宁静的气氛。

这个居民点总称成府，位于北大和清华之间。以前的燕京和清华，现在的北大和清华，都有教职工住在这里。

一个黄昏，我站在槐树街口，目的是看一看槐树街十号。

找到十号。门洞窄小，房子没有格局，直觉地觉得不对。一个人出来说，原来的十号改为九号了，请到隔壁。

隔壁有几层台阶，门扇依然完好，若油漆一下，还是很像样的。经过仔细辨认，认清了门上的字，“中心育物，和气生春”。

我不记得这副对联。

进门向右，穿过一个小夹道，眼前豁然开朗。这是一个真正的四合院，正门朝北，垂花门开在西侧，正房对面建有南房。四面房屋都很整齐，木格窗，正房还有雕花。

院中几个人在闲坐，拿着蒲扇。旁边一棵石榴，正开着火红的花朵。正房前搭葡萄架，翠绿的叶子垂下来。多少年不见这样的院子了！

“这是我的出生地，就在这北房里。”寒暄后说明来意。

他们大概是东厢房的住户，很殷勤，却没有邀我进房去参观。只问：“走了多少年了？出国了吧？”

其实我出生后两个月，随父母迁到清华，转了几十年，并没有转出北大清华这一带，很觉惭愧，只好含糊应了一句。

“我们是北大的职工，这房子属北大，新十号属清华。”他们介绍，“现在这院子住了八家。”

四面房屋前都搭了小棚屋，还停着一辆平板车，上有玻璃罩，写着“米酒”。

“是第二职业了？”我笑问。他们说是邻居的，当然是业余的。

告辞时主人说欢迎常来。我知道我不会常来。

出了门，见斜对过有彩灯一闪一闪，原来是开了一家冷饮小店。

记得邻近的蒋家胡同有一间长三酒馆，当年是燕京清华的学生们谈心的好地方。专营海淀莲花白，那酒有的粉红，有的青绿。后来酒馆改为门市部，专营全世界到处买得到的东西。走过时张望了一下，心中诧异，怎么没有听说长三酒馆要重新开张。

走过新建的砖房，简直说不出是什么式样。两墙之间有一条极窄小的胡同，仅容一人行走。通过去不知是哪里。墙上挂着崭新的牌子："新胡同"。也是名副其实。

一阵清脆的笑声，从新胡同跑出几个女孩子。她们是要跳房子还是跳皮筋？我站住等着。她们不跳什么，笑着跑远了，把笑声留在胡同里。

那祥云缭绕的地方
——记清华大学图书馆

图书馆，在一座大学里，永远是很重要的，教师在这里钻研学问，学子在这里发愤学习，任何的学术成就都是和图书馆分不开的。

我结识清华图书馆是从襁褓中开始的。我出生两个月，父亲执教清华，全家移居清华园。母亲在园中来去，少不得抱着我，或用儿车推着我。从那时，我便看见了清华图书馆。我想，最初我还不会知道那是什么。渐渐地，能认识那是一座大建筑。在上幼稚园时就知道那是图书馆了。

图书馆外面的石阶很高，里面的屋顶也很高，一进门便有一种肃穆的气氛。说来惭愧，对于孩子们，它竟是一个好玩的地方。不记得我什么时候第一次走进图书馆。父亲当时在楼下，向南的甬道里有一间朝东的房间，我和弟弟大概是跟着父亲走进来的。那房间很乱，堆满书籍文件，我不清楚那是办公室还是个人研究室，也许是兼而用之。每次去不能多停，我们本应立即出馆，但常做非法逗留，在房间外面玩。

给我们的告诫是不准大声说话，于是我们的舌头不活动，腿却自由地活动。我们把朝南和朝西的甬道都走到头，甬道很黑，有些神秘，走在里面像是探险，有时我们去爬楼梯，跑到楼上再跑下来。我们还从楼下的饮水管中，吸满一口水，飞快地跑到楼梯顶往下吐。就听见水落地时“啪”的一声，觉得真有趣。我们想笑却不敢笑，这样的活动从来没有被人发现。

上小学时学会骑车，有时由哥哥带着坐大梁，有时自己骑，当时校中人不多，路上清静，慢慢地骑着车左顾右盼很是惬意。我们从大礼堂东边绕过去，到图书馆前下车，走上台阶，再跑下来，再继续骑，算是过了一座桥。我们仰头再仰头，看这座“桥”和上面的楼顶。楼顶似乎紧接着天上的云彩。云彩大都简单，一两笔白色而已，但却使整个建筑显得丰富。多么高大，多么好看。这印象还留在我心底。

从外面看图书馆有东西两翼，东面的爬墙虎爬得很高，西面的窗外有一排紫荆树，那紫色很好看，可是我不喜欢紫荆，对于看不出花瓣的花朵我们很不以为然。有人说紫荆是清华的校花，如果真是这样，当然要刮目相看。

抗战开始，我们离开清华园，一去八年，对北平的思念其实是对清华园的思念。在清华园中长大的孩子对北平的印象不够丰富，而梦里塞满了树林、小路、荷塘和那一片包括大礼堂、工字厅等处的祥云缭绕的地方。胜利以后，我进入清华外文系学习，在家中虽然有一个小天地，图书馆是少不得要去的，我喜欢那大阅览室。这里是那样的安静，每个人都在专心地读书，只有轻微地翻书页的声音。几个大字典架靠墙站着，字典永远是打开的，不时有人翻阅。我总是坐在最里面的一张桌旁。因为出入都要走一段路，就可以让自己多坐一会儿。在那里看了一些参考书，做各种作业。在家里写不出的作文，在图书馆里似乎是被那种气氛感染，很快便写出来，当然也有时在图书馆做功课不顺利，在家中自己的小天地里做得很快。

在这一段日子里，我惊异地发现图书馆变得越来越小，不像儿时印象中那样高大，但它仍是壮丽的，也常有一两笔白色的云依在楼顶。

四年级时，便要做毕业论文，可以进入书库。置身于书库中，真像是置身于一个智慧的海洋，还有那清华图书馆著名的玻璃地板，半透明的。让人觉得像是走在湖水上，也像是走在云彩上，真是祥云缭绕了。我的论文题目是托马斯·哈代的诗，本来我喜欢哈代的小说，后来发现他的诗也是大家手笔，深刻而有感染力，便选了他的诗做论文题目。导师是美国教授温德。在书库里流连徜徉真是乐事，只是在当时火热的革命形势中，不很心安理得，觉得喜欢书库是一种落后的表现。直到以后很多年，经过时间的洗磨，又经过不断改造，我只记得曾以哈代为题做毕业论文，内容却记不起了。有一次，偶然读到卞之琳翻译的哈代的诗，竟惊奇哈代的诗原来这样好。

那时，图书馆里有教室。我选了邓以蛰的美学，便是在图书馆里授课，在哪间房间记不起了。这门课除我之外还有一个男生，邓先生却像有一百个听众似的，每次都做了充分准备，带了许多图片，为我们放幻灯。幻灯片里有许多名画和建筑，我在这里第一次看见《蒙娜丽莎》，可惜不记得邓先生的讲解了。这门课告诉我们，科学的顶尖是数学，艺术的顶尖是音乐。只是当时没有音响设备，课上没有听音乐。

父亲在图书馆楼下仍有一个房间，我有时去看看，常见隔壁的房门敞开着，哲学系学长唐稚松在里面读书。唐兄先学哲学又学数学，现在在“计算机科学与软件工程”方面有重大成就，享有国际声誉。我们在电话中谈起图书馆，谈起清华，都认为清华教我们自强、严谨，要有创造性，终身不能忘。

从清华图书馆里走出来的还有少年闻一多和青年曹禺。闻一多一九一二年入清华学堂，在清华学习的九年中，少不了要在图书馆读书，九年中他在课余写的旧体诗文自编为《古瓦集》。去年经整理后出版，可惜我目力太弱，已不能阅读，只能抚摸那典雅的蓝缎面，让想象飞翔在那一片彩云之上。

曹禺的第一部剧作《雷雨》是在清华图书馆里写成的。我想那文科的教育，外国文学的熏陶，那祥云缭绕的书库，无疑会影响着曹禺的成熟和发展。我们不能说清华给了我们一个曹禺，但我们可以说清华有助于万家宝成为曹禺。我想，演员若能扮演曹禺剧中人物，是一种幸运。他的台词几乎不用背，自然就会记得。“太阳出来了，黑暗留在后头，但是太阳不是我们的，我们要睡了。”上中学时，如果有人说一句“太阳出来了”，立刻会有人接上“黑暗留在后头”。“我的中国名字叫张乔治，外国名字叫乔治张”，短短两句话给了多么宽广的表演天地。也许这是外行话，但这是我的感受。

从图书馆走出的还有许多在各方面有成就的人，无论成就大小，贡献大小，都是促使社会进步的力量，想来在清华献出了毕生精力的教职员工都会感到安慰。

我已经把哈代忘了许多年。忽然有一天，清华图书馆韦老师告知我，清华图书馆保存了我的毕业论文，这真是意外之喜。后知馆中还存有五〇、五一级的部分论文。我即分告同班诸友，大家都很高兴。韦老师寄来了我的论文复印件，可翻译为《哈代诗歌中的必然观念》，厚厚的有二十七页。我拿到这一册东西，仿佛看见了五十年前的自己，全部文章是我自己打出来的，记得为打这篇论文，我特地学了英文打字。原来我是想写一本研究哈代的书，这论文不过是第一章。生活里是要不断地忘记许多事，不然会太沉重，忘得太多却也可惜。我在论文的序言中说，希望以后有时间真写出一本研究哈代的专著以完夙愿。这夙愿看来是完不成了。我已告别阅读，无法再读哈代，也无法读自己五十年前写的文字。我想，若是能读，也读不懂了。

今年夏天，目疾稍稳定，去清华参观新安排的“冯友兰文库”，便也到图书馆看看。大阅览室依旧，许多同学在埋头读书，安静极了。若是五年换一届学生，这里已换过十届了。岁月流逝，一届届学生的黑发变成银丝，但那自强不息的精神永在。

花的话

春天来了，几阵轻风，数番微雨，洗去了冬日的沉重。大地透出嫩绿的颜色，花儿们也陆续开放了。若照严格的花时来说，它们可能彼此见不着面，但在这既非真实，也非虚妄的园中，它们聚集在一起了。不同的红，不同的黄，以及洁白、浅紫，颜色十分绚丽；繁复新巧的，纤薄秀弱的，式样各出新裁。各色各式的花朵在园中铺展开一片锦绣。

花儿们刚刚睁开眼睛时，总要惊叹道："多么美好的世界，多么明媚的春天！"阳光照着，蜜蜂儿、蝴蝶儿，绕着花枝上下飞舞，一片绚烂的花的颜色，真叫人眼花缭乱，忍不住赞赏生命的浓艳。花儿们带着新奇的心情望着一切，慢慢地舒展着花瓣，从一个个小小的红苞开成一朵朵鲜丽的花。她们彼此学习着怎样斜倚在枝头，怎样颤动着花蕊，怎样散发出各种各样的清雅的、浓郁的、幽甜的芳香，给世界更增几分优美。

开着开着，花儿们看惯了春天的世界，觉得也不过是如此。却渐渐地觉得自己十分重要，自己正是这美好世界中最美好的。

一个夜晚，明月初上，月光清幽，缓缓流进花丛深处。花儿们呼吸着夜晚的清新空气，都想谈谈心里话。榆叶梅是个急性子，她首先开口道："春天的花园里，就数我最惹人注意了。你们听人们说过吗，远望着，我简直像是朵朵红云，飘在花园的背景上。"大家一听，她把别人全算成了背景，都有点发愣。玫瑰花听她这么不谦虚，很生气，马上提醒她："你虽说开得茂盛，也不过是个极普通的品种，要取得突出的位置，还得出身名门。玫瑰是珍贵的品种，这是人所共知的。"她说着，骄傲地昂起头。真的，她那鲜红的、密密层层的花瓣，组成一朵朵异常娇艳的不太大也不太小的花，叫人忍不住想去摸一摸，嗅一嗅。

"要说出身名门——"芍药端庄地颔首微笑。当然，大家都知道芍药自古有花相之名，其高贵自不必说。不过这种门第观念，花儿们也都知道是过时了。有谁轻轻嘟囔了一句："还讲什么门第，这是十八世纪的话题！"芍药听了不再开口，仿佛她既重视门第，也觉得不能光看门第似的。

"花要开得好，还要开得早！"已经将残的桃花把话题转了开去。"我是冒着春寒开花的，在这北方的没有梅花的花园里，我开得最早，是带头的。可是那些耍笔杆儿的，光是松呵，竹呵，说他们怎样坚贞，就没人看见我这种突出的品质！"

"我开花也很早，不过比你稍后几天，我的花色也很美呀！"说话的是杏花。

连翘忙插话道："论美丽，实在没法子比，有人喜欢这个，有人喜欢那个，难说，难说。倒是从有用来讲，整个花园里，只有我和芍药姐姐能做药材，治病养人。"她得意地摆动着柔长的枝条，一长串的小黄花都在微笑。

玫瑰花略侧一侧她那娇红的脸，轻轻笑道："你不知道玫瑰油的贵重吧。玫瑰花瓣儿，用途也很多呢。"

白丁香正在半开，满树如同洒了微霜，她是不大爱说话的，这时也被这番谈话吸引了，慢慢地说："花么，当然还是要比美。依我看，颜色态度，既清雅而又高贵，谁都比不上玉兰。她贵而不俗，雅而不酸，这样白，这样美——"丁香慢吞吞地想着适当的措辞。微风一过，摇动着她的小花，散发出一阵阵幽香。

盛开的玉兰也矜持地开口了。她的花朵大，显得十分凝重，颜色白，显得十分清丽，又从高处向下说话，自然而然便有一种屈尊纡贵的神气。"丁香的花真像许多小小银星，她也许不是最美的花，但她是最迷人的花。"她的口气是这样有把握，大家一时都想不出话来说。

忽然间，花园的角门开了，一个小男孩飞跑进来，他没有看那月光下的万紫千红，却一直跑到松树背后的一个不受人注意的墙角，在那如茵的绿草中间，采摘着野生的二月兰。

那些浅紫色的二月兰，是那样矮小，那样默默无闻。她们从没有想到自己有什么特殊招人喜爱的地方，只是默默地尽自己微薄的力量，给世界加上点滴的欢乐。

小男孩预备把这一束小花插在墨水瓶里，送给他敬爱的、终日辛勤劳碌的老师。老师一定会从那充满着幻想的颜色，看出他的心意的。

月儿行到中天，花园里始终没有再开始谈话。花儿们沉默着，不知怎么，都有点不好意思。

这是你的战争

昆明下着雪。红土地、灰校舍和那不落叶的树木，都蒙上了一层白色。几个学生从明仑大学校门走出，不顾雪花飘扬，停下来看着墙上的标语："这是你的战争！This is your war！"

前几天，学校举行了征调动员大会。盟军为中国抗战提供了大批新式武器和作战人员，由于言语不通，急需译员。教育部决定征调四年级男生入伍，其他年级的也可以自愿参加。

历史系教授孟弗之从校门走出，他刚上完课。无论时局怎么紧张，教学必须坚持到最后一刻。一起走的几个学生问："做志愿者有条件吗？"弗之微笑答道："首先是爱国热情。英语也要有一定水平，我想一个大学生的英语水平足够对付了。"他看着周围的年轻人。谁将是志愿者？他不知道。可是他知道那些挺直的身躯里跳动着年轻的火热的心。

弗之走了一段路，迎面走来几个学生，恭敬地鞠躬。弗之不认得。一个学生走近说："孟先生，我们是工学院三年级的，愿意参加翻译工作。"弗之想说几句嘉奖的话，却觉得话语都很一般，只亲切地看着那几张年轻而带几分稚气的脸庞，乱蓬蓬的黑发上撒着雪花，雪水沿着鬓角流下来，便递过一块叠得方整的手帕。一个学生接过，擦了雪水，又递给另一个，还给弗之时已是一块湿布了。

雪越下越大了。弗之把那块湿布顶在头上，快步往回走。这时，一个年轻人快步跟上来，绕到前面，唤了一声："孟先生。"弗之认得这人，是中文系学生，似乎姓蒋。他小有才名，文章写得不错，能诗能酒，也能书能画。"孟先生。"那学生嗫嚅着又唤了一声。弗之站住，温和地问："有什么事？"蒋姓学生口齿不清地说："现在四年级学生全部征调做翻译，我……我……"弗之猜道："你是四年级？""我的英文不好，不能胜任翻译。并且我还有很多创作计划……""无一例外。"弗之冷冷地说，并不看他，大步走了。蒋姓学生看着弗之的背影，忽然大声说："你们先生们自己不去，让别人的子弟去送死！"弗之站住了，一股怒气在胸中涨开，他回头看那学生。学生上前一步："只说孟先生是最识才的，叫人失望。"弗之转身，尽量平静地说："你，你无论怎样多才，做人是不能打折扣的，一切照规定办。"弗之走得很慢，自觉脚步沉重，回到住处时，只见院子里腊梅林一片雪白。

此刻，弗之的外甥、生物系学生澹台玮正在萧子蔚老师的房间里。玮是三年级，但学分已够四年级。师生两人对坐在小木桌旁，讨论着生物学的问题。子蔚感到玮有些心不在焉，已有点猜到他的心思。

待讨论告一段落，玮说："萧先生，我要做的事是要和您说的。"子蔚微笑道："不是商量，是通知？"玮道："也是商量。"他停顿了一下，说："我只是觉得战场和敌人越来越近，科学变得远了，要安心念书似乎很难。""可是你并不在征调之列。生物化学是新学科，需要人开拓，要知道得到一个好学生是多么不容易。我也很矛盾。"子蔚站起身，走到窗前。雪已停了，腊梅林上的雪已消了大半。玮也走到窗前，默默地望着窗外。过了一会儿，玮转身向着子蔚："我会回来的。""那是当然。"子蔚说。玮向子蔚鞠了一躬。子蔚向前一步，拉着他的手郑重地说；"我尊重你的决定。"玮再鞠一躬，走出房间，回头说："萧先生，我去了。"子蔚默默地看着他下楼，又到窗前，看他出了楼门，沿小路往蜡梅林中去了。

节选自长篇小说《西征记》

锈损了的铁铃铛

秋天忽然来了，从玉簪花抽出了第一根花棒开始。那圆鼓鼓的洁白的小棒槌，好像要敲响什么，然而它只是静静地绽开了，飘散出沁人的芳香。这是秋天的香气，明净而丰富。

本来不用玉簪棒发出声音的，花园有共同的声音。那是整个花园的信念：一个风铃，在金银藤编扎成的拱形门当中，从缠结的枝叶中挂下来。这风铃很古老，是铁铸的，镌刻着奇妙的花纹。波状的花纹当然是水，小小的三角大概是山，还有几条长短线的排列组合。有人考证说是比八卦图还早的图样，因为八卦的长短线都是横排，而这些线是竖着的。铃中的小锤很轻巧，用细链悬着，风一吹，就摇摆着发出沉闷的、有些沙哑的声音。春天和布谷鸟悠远的啼声做伴；夏天缓和了令人烦躁的坚持不懈的蝉声；秋夜蟋蟀只有在风铃响时才肯停一停。小麻雀在冬日的阳光中叽叽喳喳，有时会站在落尽了叶子，但还是很复杂的枝条上，歪着头对准风铃一啄，风铃响了，似乎在提醒，沉睡的草木都在活着。

“铁铃铛！”孩子们这样叫它。他们跑过金银藤编扎的门，总要伸手拨弄它。勉儿，孩子中间最瘦弱的一个，常常站在藤门近处端详。从他装满问号的眼睛可以看出，他也是最喜欢幻想的一个。

风铃是勉儿的爸爸从一个遥远的国度带回的，却是个道地的中国古董。无论什么，从外国转一下都会身价十倍，所以才有那些考证。爸爸没说从哪一个国家，只带笑说这铃有巫师施过法术。勉儿知道这是玩笑，但又觉得即使爸爸不说，这铃也很不一般，很神秘。

风铃那沉闷又有些沙哑的声音，很像是富有魅力的女低音，又像是一声长长的叹息。

勉儿常常梦见爸爸，那总不在家的爸爸。勉儿梦见自己坐在铁铃铛的小锤上，抱住那根细链，打秋千似的，整个铃铛荡过来又荡过去，荡得高高的，飞起来飞起来！了不得！他掉下来了，像流星划过一条弧线，正落在爸爸的书桌上。各种书本图纸一座座高墙似的挡住他，什么也看不见。爸爸大概到实验室去了。爸爸说过，他的书桌已经够远，实验室还更远，在沙漠里。

沙漠是伟大的，使人心胸开阔。沙丘起伏的线条很妩媚。铁铃铛飘在空中，难道竟变成热气球了么？这是什么原理？小锤子伸下来又缩上去，像在招呼他回去。

“爸爸！”勉儿大声叫。

他的喊声落在花园里，惊醒了众多的草木。小棒槌般的玉簪棒吃惊地绽开了好几朵。紫薇摇着一簇簇有皱褶的小花帽，“爸爸？”它怀疑。自从有个狂妄的人把它写进文章，它就总在怀疑，因为纸上的情形确实与它本身相距甚远。马缨花到早上才有反应。在初秋的清冷中，它们只剩了寥寥几朵，粉红的面颊边缘处已发黄，时间确实不多了。“爸爸！”它们轻蔑地强笑，遂即有两三朵落到地上。

风铃还在那里，从金银藤的枝叶里垂下，静静地，不像经过空中旅行。勉儿的喊声传来，它震颤了，整个铃身摇摆着，发出长长的叹息。

“你在这里！铁铃铛！”勉儿上学去走过藤门时，照例招呼老朋友。他轻轻抚摸铃身，想着它可能累了。

风铃忽然摇动起来，幅度愈来愈大，素来低沉的铃声愈来愈高昂，急促，好像生命的暴雨尽情冲泻，充满了紧张的欢乐。众草木用心倾听这共同的声音，花园笼罩着一种肃穆的气氛。

“它把自己用得太过了。”紫薇是见过世面的。

勉儿也肃立。那铃勇敢地拼命摇摆着，继续发出洪钟般的、完全不合身份的声响。声响定住了勉儿，他有些害怕。这样一件小物事，怎么能发出这样的大声音呢？它是在呼喊。为它自己？为了花园？还是为了什么？

好一阵，勉儿才迈步向学校走去。随着他远去的背影，风铃逐渐停下来，声音也渐渐低沉，最后化为一声叹息。不久，叹息也消失了，满园里弥漫着玉簪花明净又丰富的香气。

草木们询问地望着藤门，又彼此望着，几滴泪珠在花瓣上草叶间滚动。迷蒙的秋雨。

孩子们从学校回来，走过花园，跳起来拨弄那风铃，可是风铃沉默着，没有反应。

“勉儿！看看你们家的风铃！它哑了！”一个孩子叫着跑开了。

勉儿仰着头看，那吊着小锤的细链僵直了，不再摆动，用手拉，也没有一点动静。他自己的心悬起来，像有一柄小锤，在咚咚地敲。

他没有弄清到底发生了什么事，便和妈妈一起到沙漠中了。无垠的沙漠，月光下银子般闪亮。爸爸躺在一片亮光中，微笑着，没有一点声音。

他是否像那个铁铃铛，尽情地唱过了呢？

勉儿累极了，想带着爸爸坐在铃上回去。他记得那很简单。但是风铃只悬在空中，小锤子不垂下来。他站在爸爸的书桌上，踮着脚用力拉，连链子都纹丝不动。铃顶绿森森的，露出一丝白光。那是裂开的缝隙。链子和铃顶粘在一起，锈住了。

如果把它挂在廊檐下不让雨淋，如果常常给它擦油，是不是不至于？

“它已经很古老了，总有这么一天的。”妈妈叹息着，安慰勉儿。

花园失去了共同的声音，大家都很惶惑。玉簪花很快谢了，花柄下一圈残花，垂着头，像吊着一圈璎珞。紫薇的绉边小帽都掉光了。马缨只剩了对称的细长叶子敏感地开合，秋雨在叶面上滑过。

妈妈说，太沉闷了，没有一点声音为雨声作注脚。于是一位叔叔拿了一个新式的新风铃，金灿灿的，发光的链条下坠着三个小圆棒，碰撞着发出清脆悦耳的声音。

那只锈损了的铁铃铛被取下了，卖给了古董商。勉儿最后一次抱住它，大滴眼泪落在铃身上，经过绿锈、裂缝和长长短短的线路波纹，缓缓地流下来。

第三部分

且忆，世间多少奇才

无论怎样的高山，只要一步步走，
终究可以到达山顶的。

那青草覆盖的地方

那青草覆盖的地方，藏着一段历史和我一生中最美好的记忆。

清华园内工字厅西南，有一座小树林。幼时觉得树高草密。一条小径弯曲通过，很是深幽，是捉迷藏的好地方。树林的西南有三座房屋，当时称为甲、乙、丙三所。甲所是校长住宅。最靠近树林的是乙所。乙所东、北两面都是树林，南面与甲所相邻，西边有一条小溪，溪水潺潺，流往工字厅后的荷花池。我们曾把折好的纸船涂上蜡，放进小溪，再跑到荷花池等候，但从没有一只船到达。

先父冯友兰先生作为哲学家、哲学史家已经载入史册。他自撰的茔联“三史释今古，六书纪贞元”，概括了自己的学术成就。他一生都在学校工作，从未离开教师的岗位，他对中国教育事业的贡献是和清华分不开的，是和清华的成长分不开的。这是历史。

一九二八年十月，他到清华工作，找到了“安身立命之地”。先在南院十七号居住，一九三〇年四月迁到乙所。从此，我便在树林与溪水之间成长。抗战时，全家随学校去南方，复员后回来仍住在这里。我从成志小学、西南联大附中到清华大学，已不觉得树林有多么高大，溪水也逐渐干涸，这里已不再是儿时的快乐天地，而有着更丰富的内容。一九五二年院系调整，父亲离开了清华，以后不知什么时候，乙所被拆掉了，只剩下这一片青草覆盖的地方。

清华取消了文科，不只是清华，也是整个教育界、学术界的重大损失。同学们现在谈起还是非常痛心。那时清华的人文学科，精英荟萃。也许不必提出什么学派之说，也许每一位先生都可以自成一家。但长期在一起难免互有熏陶，就会有一些特色。不要说一个学科，就是文、理、法、工各个方面也是互相滋养的。单一的训练只能培养匠气。这一点越来越得到共识。

父亲初到清华就参与了一件大事。那就是清华的归属问题，从隶属外交部改为隶属教育部。他曾作为教授会代表到南京，参加当时的清华董事会，进行力争，经过当时的校长罗家伦和大家的努力，最后清华隶属教育部。我记得以前悬挂在西校门的牌子上就赫然写着“国立清华大学”。了解历史的人走过门前都会有一种自豪感。因为清华大学的成长，是中国近代学术独立自主的发展过程的标志。

在乙所的日子是父亲最有创造性的日子。除教书、著书以外，他一直参与学校领导工作，一九二九年任哲学系主任，从一九三一年起任文学院院长。当时各院院长由教授会选举产生，每两年改选一次。父亲任文学院院长长达十八年，直到解放才卸去一切职务。十八年的日子里，父亲为清华文科的建设和发展做出了哪些贡献，现在还少研究。我只是相信学富五车的清华教授们是有眼光的，不会一次又一次地选出一个无作为、不称职的人。

在清华校史中有两次危难时刻。一次是一九三〇年，罗家伦校长离校，校务会议公推冯先生主持校务，直至一九三一年四月，吴南轩奉派到校。又一次是一九四八年底，临近解放，梅贻琦校长南去，校务会议又公推冯先生为校务会议代理主席，主持校务，直到一九四九年五月。世界很大，人们可以以不同的政治眼光看待事物，冯先生后来的日子是无比艰难的，但他在清华所做的一切无愧于历史的发展。

作为一个教育工作者，他爱学生。他认为青年学生是最可宝贵的，应该不受任何政治势力的伤害。他居住的乙所曾使进步学生免遭逮捕。一九三六年，国民党大肆搜捕进步学生，当时的学生领袖黄诚和姚依林躲在冯友兰家，平安度过了搜捕之夜，最近出版的《姚依林传》也记载了此事。据说当时黄诚还作了一首诗，可惜没有流传。临解放时，又有一次逮捕学生，女学生裴毓荪躲在我家天花板上。记得那一次军警深入内室，还盘问我是什么人。后来为安全计，裴毓荪转移到别处。七十年代中，毓荪学长还写过热情的信来。这样念旧的人，现在不多了。

学者们年事日高，总希望传播所学，父亲也不例外。解放后他的定位是批判对象，怎敢扩大影响，但在内心深处，他有一个感叹、一种悲哀，那就是他说过的八个字“家藏万贯，膝下无儿”，形象地表现了在一个时期内，我们文化的断裂。可以庆幸的是这些年来，“三史”“六书”俱在出版。一位读者写信来，说他明知冯先生已去世，但他读了《贞元六书》，认为作者是不死的，所以信的上款要写作者的名字。

父亲对我们很少训诲，而多在潜移默化。他虽然担负着许多工作，和孩子们的接触不很多，但我们却感到他总在看着我们、关心我们。记得一次和弟弟还有小朋友们一起玩。那时我们常把各种杂志放在地板上铺成一条路，在上面走来走去。不知为什么他们都不理我了，我们可能发出了什么声响。父亲忽然叫我到他的书房去，拿出一本唐诗命我背，那就是我背诵的第一首诗，白居易的《百炼镜》。这些年我一直想写一个故事，题目是“铸镜人之死”。我想，铸镜人也会像铸剑人投身入火一样，为了镜的至极完美，纵身跳入江中（“江心波上舟中铸，五月五日日午时”），化为镜的精魂。不过又有多少人了解这铸镜人的精神呢。但这故事大概也会像我的很多想法一样，埋没在脑海中了。

此后，背诗就成了一个习惯。父母分工，父亲管选诗，母亲管背诵，短诗一天一首，《长恨歌》《琵琶行》则分为几段，每天背一段。母亲那时的住房，三面皆窗，称为玻璃房。记得早上上学前，常背着书包，到玻璃房中，站在母亲镜台前，背过了诗才去上学。

乙所中的父亲工作顺利，著述有成。母亲持家有方，孩子们的读书笑语声常在房中飘荡。这是一个温暖幸福的家。这个家还和社会联系着，和时代联系着。不只父亲在复杂动乱的局面前不退避，母亲也不只关心自己的小家。一九三三年，日军侵犯古北口，教授夫人们赶制寒衣，送给抗日将士。一九四八年冬，清华师生员工组织了护校团，日夜巡逻，母亲用大锅煮粥，给护校的人预备夜餐。一位从联大到清华的学生，许多年后见到我时说："我喝过你们家的粥，很暖和。"煮粥是小事，不过确实很暖和。

那青草覆盖的地方，虽然现在草也不很绿，我还是感觉到暖意。这暖意是从逝去了而深印在这片土地上的岁月来的，是从父母的根上来的，是从弥漫在水木清华间的一种文化精神的滋养和荫庇来的。我倚杖站在小溪边，惊异于自己的老而且病，以后连记忆也不会有了。这一片青草覆盖的地方，又会变成什么模样？

心的嘱托

冯友兰先生——我的父亲，于一八九五年十二月四日来到人世，又于一九九〇年十二月四日毁去了皮囊，只剩下一抔寒灰。在八天前，十一月二十六日二十时四十五分，他的灵魂已经离去。

近年来，随着父亲身体日渐衰弱，我日益明白永远分离的日子在迫近，也知道必须接受这不可避免的现实。虽然明白，却免不了紧张恐惧。在轮椅旁，在病榻侧，一阵阵呛咳使人恨不能以身代。在清晨，在黄昏，凄厉的电话铃声会使我从头到脚抖个不停。那是人生的必然阶段，但总是希望它不会来，千万不要来。

直到亲眼见着他的呼吸渐渐急促，血压下降，身体逐渐冷了下来；直到亲耳听见医生的宣布，还是觉得这简直不可能，简直不可思议。我用热毛巾拭过他安详的紧闭了双目的脸庞，真的听到了一声叹息，那是多年来回响在耳边的。我们把他抬上平车，枕头还温热。然而我们已经处于两个世界了。再无须我操心侍候，也再得不到他的关心和荫庇。这几年他坐在轮椅上，不时会提醒我一些极细微的事，总是使我泪下。我的烦恼，他无须耳和目便能了解。现在再也无法交流。天下耳聪目明的人很多，却再也没有人懂得我的有些话。

这些年，住医院是家常便饭。这一年尤其频繁。每次去时，年轻的女医生总是说要有心理准备。每次出院，我都有骄傲之感。这一次，是《中国哲学史新编》完成后的第一次住院，孰料就没有回来。

七月十六日，我到人民出版社交《新编》第七册稿。走上楼梯时，觉得很轻快，真是完成了一件大任务。父亲更是高兴，他终于写完了。直到最后一个字，都是他自己的，无须他人续补。同时他也感到长途跋涉后的疲倦。他的力气已经用尽，再无力抵抗三次肺炎的打击。他太累了，要休息了。

“存，吾顺事；殁，吾宁矣。”父亲很赞赏张载《西铭》中的这最后两句，曾不止一次讲解：活着，要在自己恰当的位置上发挥作用；死亡，则是彻底的安息。对生和死，他都处之泰然。

父亲在清华任教时的老助手、八十八岁的李濂先生来信说：“十一月二十四日夜梦恩师伏案作书，写至最后一页，灯火忽然熄灭，黑暗之中，似闻恩师与师母说话。”正是那天下午，父亲病情恶化。夜晚我在病榻边侍候，父亲还能断续说几个字：“是璞么？是璞么？”“我在这儿，是璞在这儿。”我大声叫他，抚摩他，他似乎很安心。我们还以为这一次他又能闯过去。

从二十五日上午，除了断续的呻吟，父亲没有再说话。他无须再说什么，他的嘱托，已浸透在我六十二年的生命里；他的嘱托，已贯穿在众多爱他、敬他的弟子们的事业中；他的嘱托，在他的心血铸成的书页间，使全世界发出回响。

父亲是走了，走向安息，走向永恒。

十二月一日兄长钟辽从美国回来。原来是祝寿的，现在却变为奔丧。和母亲去世时一样，他又没有赶上，但也和母亲去世一样，有了他，办事才有主心骨。我们秉承父亲平常流露的意思，原打算只用亲人的热泪和几朵鲜花，送他西往。北大校方对我们是体贴尊重的。后来知道，这根本行不通。

络绎不绝的亲友都想再见上一面，不停地电话询问告别日期。四川来的老学生自戴黑纱，进门便长跪不起。韩国学人宋兢燮先生数年前便联系来华，目的是拜见老人。现在只能赶上无言的诀别。总不能太不近人情，这毕竟是最后一面。于是我们决定不发讣告，任自来告别。

柴可夫斯基哽咽着的音乐伴随告别人的行列回绕在遗体边，真情写在每一个人脸上。最后我们跪在父亲的脚前时，我几乎想就这样跪下去，大声哭出来，让眼泪把自己浸透。从母亲和小弟离去，我就没有痛快地哭一场。但是我不能，我受到许多真诚的心的簇拥和嘱托，还有许多事要做，我必须站起来。

载灵的大轿车前有一个大花圈，饰有黑黄两色的绸带。我们随着灵车，驶过天安门。世界依然存在，人们照旧生活，一切都在正常运行。

我们一直把父亲送到炉边。暮色深重，走出来再回头，只看见那黄色的盖单，它将陪同父亲到最后的刹那。

两天后，我们迎回了父亲的骨灰，放在他生前的卧室里。母亲的遗骨已在这里放了十三年。现在二老又并肩而坐，只是在条几上。明春他们将合葬于北京万安公墓。侧面是那张两人同行的照片。母亲撑着伞，父亲的一脚举起，尚未落下。那是六十年代初一位不知姓名的人在香山偷拍的。当时二老并不知道。摄影者拿这张照片在香港出售，父亲的老学生加籍学人余景山先生恰巧看见，遂将它买下。七十年代末方有机会送来。母亲也见到了这帧照片。

亲爱的双亲，你们的生命的辉煌乐章已经终止，但那向前行走的画面是永恒的。

借此小文之末，谨向所有关心三松堂的亲友致谢。关系有千百种不同，真情的分量都不同寻常。踵吊和唁文未能一一答谢，心灵的慰藉和嘱托永远铭记不忘。

花朝节的纪念

农历二月十二日，是百花出世的日子，为花朝节[1]。节后十日，即农历二月二十二日，从一八九四年起，是先母任载坤先生的诞辰。迄今已九十九年。

外祖父任芝铭公是光绪年间举人。早年为同盟会员，奔走革命，晚年倾向于马克思主义。他思想开明，主张女子不缠足，要识字。母亲在民国初年进当时的女子最高学府北京女子师范学校读书。一九一八年毕业。同年，和我的父亲冯友兰先生在开封结婚。

家里有一个旧印章，刻着“叔明归于冯氏”几个字。叔明是母

① 花朝节：简称花朝，流行于东北、华北、华东、中南等地，一般于农历二月初二、二月十二或二月十五举行。这是纪念百花的生日，最早在春秋的《陶朱公书》中已有记载。

亲的字。以前看着不觉得怎样，父母都去世后，深深感到这印章的意义。它标志着一个家族的繁衍，一代又一代来到世上扮演各种角色，为社会做一点努力，留下了各种不同色彩的记忆。

在我们家里，母亲是至高无上的守护神。日常生活全是母亲料理。三餐茶饭，四季衣裳，孩子的教养，亲友的联系，需要多少精神！我自幼多病，常在和病魔做斗争。能够不断战胜疾病的主要原因是我有母亲。如果没有母亲，很难想象我会活下来。在昆明时严重贫血，上“纪念周”站着站着就晕倒。后来甚至染上肺结核休学在家。当时的治法是一天吃五个鸡蛋，晒太阳半小时。母亲特地把我的床安排到有阳光的地方，不论多忙，这半小时必在我身边，一分钟不能少。我曾由于各种原因多次发高烧，除延医服药外，母亲费尽精神护理。用小匙喂水，用凉手巾覆在额上。有一次高烧昏迷中，觉得像是在一个狭窄的洞中穿行，挤不过去，我以为自己就要死了，一抓到母亲的手，立刻知道我是在家里，我是平安的。后来我经历名目繁多的手术，人赠雅号“挨千刀的”。在挨千刀的过程中，也是母亲，一次又一次陪我奔走医院。医院的人总以为是我陪母亲，其实是母亲陪我。我过了四十岁，还是觉得睡在母亲身边最心安。

母亲的爱护，许多细微曲折处是说不完、也无法全捕捉到的。也就是有这些细微曲折才形成一个家。这个家处处都是活的，每一寸墙壁，每一寸窗帘都是活的。小学时曾以“我的家庭”为题作文。我写出这样的警句：“一个家，没有母亲是不行的。母亲是春天，是太阳。至于有没有父亲，不很重要。”作业在开家长会时展览，父亲去看了。回来向母亲描述，对自己的地位似并不在意，以后也并不努力增加自己的重要性，只顾沉浸在他的哲学世界中。

希腊文明是在奴隶制时兴起的，原因是有了奴隶，可以让自由人充分开展精神活动。我常说父亲和母亲的分工有点儿像古希腊。在父母那时代，先生专心做学问，太太操劳家务，使无后顾之忧，是常见的。不过父母亲特别典型。他们真像一个人分成两半，一半主做学问，一半主理家事，左右合契，毫发无间。应该说，他们完成了上帝的愿望。

母亲对父亲的关心真是无微不至，父亲对母亲的依赖也是到了极点。我们的堂姑父张岱年先生说："冯先生做学问的条件没有人比得上。冯先生一辈子没有买过菜。"细想起来，在昆明乡下时，有一阵子母亲身体不好，父亲带我们去赶过街子，不过次数有限。他的生活基本上是水来湿手，饭来张口。古人形容夫妇和谐用举案齐眉几个字，实际上就是孟光给梁鸿端饭吃，若问"是几时孟光接了梁鸿案"，应该是做好饭以后。

旧时有一副对联："自古庖厨君子远，从来中馈淑人宜。"放在我家正合适。母亲为一家人真操碎了心。在没有什么东西的情况下，变着法子让大家吃好。她向同院的外国邻居的厨师学烤面包，用土豆作引子，土豆发酵后力量很大，能"嘭"的一声，顶开瓶塞，声震屋瓦。在昆明时一次父亲患斑疹伤寒，这是当时西南联大一位校医郑大夫诊断出的病，治法是不吃饭，只喝流质，每小时一次，几天后改食半流质。母亲用里脊肉和猪肝做汤，自己擀面条，擀薄切细，下在汤里。有人见了说，就是只吃冯太太做的饭，病也会好。

一九六四年父亲患静脉血栓，在北京医院卧床两个月。母亲每天去送饭，有时从城里我的住处，有时从北大，都总是第一个到。我想要帮忙，却没有母亲的手艺。父亲暮年，常想吃手擀的面，我学做过几次，总不成功，也就不想努力了。

母亲把一切都给了这个家。其实母亲的才能绝不只限于持家。母亲结业于当时的女子最高学府，曾任河南女子师范学校预科算术教员。她有一双外科医生的巧手，还有很高的办事能力。外科医生的工作没有实践过，但从日常生活中，从母亲缝补、修理的功夫可以想见。办事能力倒是有一些发挥。

五十年代初至一九六六年，母亲做居民委员会工作，任北大燕南、燕东、燕农、镜春、朗润、蔚秀、承泽、中关八大园的主任。曾为家庭妇女们办起装订社、缝纫社等。母亲不畏辛劳，经常坐着三轮车来往于八大园间。这是在家庭以外为社会服务，她觉得很神圣，总是全心全意去做。居委会成员常在我家学习。最初贺麟夫人刘自芳、何其芳夫人牟决鸣等都是成员。后来她们迁往城内，又有吴组缃夫人沈淑园等参加。五十年代有一次选举区人民代表，不记得是哪一位曾对我说："任大姐呼声最高。"这是真正来自居民的声音。

我心中有几幅图像，愈久愈清晰。

一幅在清华园乙所，有一间平台加出的房间，三面皆窗，称为玻璃房。母亲常在其中办事或休息。一个夏日，三面窗台上摆着好几个宽口瓶和小水盆，记得种的是慈姑。母亲那时大概不到四十岁，身着银灰色起蓝花的纱衫，坐在房中，鬓发漆黑，肌肤雪白。常见外国油画有什么什么夫人肖像，总想怎么没有人给母亲画一幅。

另一幅在昆明乡下龙头村。静静的下午，泥屋、白木桌，母亲携我坐在桌前，为我讲解鸡兔同笼四则题。父亲从城里回来，笑说这是一幅乡居课女图。

龙头村旁小河弯处有一个小落差，水的冲力很大。每星期总有一两次，母亲把一家人的衣服装在箩筐里，带着我和小弟到河边去。还有一幅图像便是母亲弯着腰站在欢快的流水中，费力地洗衣服，还要看着我们不要跑远，不要跌进河里。近来和人说到洗衣的事，一个年轻人问，是给别人洗吗？还没到那一步，我答。后来想，如果真的需要，母亲也不怕。在中国妇女贤淑的性格中，往往有极刚强的一面，能使丈夫不气馁，能使儿女肯学好，能支撑一个家度过最艰难的岁月。孔夫子以为女人难缠，其实儒家人格的最高标准“富贵不能淫，贫贱不能移，威武不能屈”，用来形容中国妇女的优秀品质倒很恰当，不过她们是以家庭为中心罢了。

母亲六十二岁时患甲状腺癌，手术后一直很好。从六十年代末患胆结石，经常大发作，疼痛，发烧，最后不得不手术。那一年母亲七十五岁。夜里推进手术室，父亲和我在过厅里等，很久很久，看见手术室甬道那边推出一辆平车，一个护士举着输液瓶，就像一盏灯。我们知道母亲平安，仍能像灯一样给我们全家以光明，以温暖。这便是那第四幅图像了。握住母亲的手时，我的一颗心落在腔子里，觉得自己很有福气。

母亲虽然身体不好，仍是操劳家务，真没有过一天清闲的日子。她总是说，你们专心做你们的事。我们能专心做事，都因为有母亲，操劳一生的母亲！

一九七七年九月十日左右母亲忽然吐血，拍片后确诊为肺门静脉瘤。当时小弟在家，我们商量说，母亲虽然年迈，病还是该怎么治就怎么治，不可延误。在奔走医院的过程中，受到许多白眼。一家医院住院部一位女士说："都八十三岁了，还治什么！我还活不到这岁数呢。"可以说，母亲的病没有得到治疗，发展很快。最后在校医院用杜冷丁控制疼痛，人常在昏迷状态。一次忽然说："要挤水！要挤水！"我俯身问什么要挤水，母亲睁眼看我，费力地说："白菜做馅要挤水。"我的眼泪一下涌了出来，滴在母亲脸上。

母亲没有让人多伺候，不过三周便抛弃了我们。当时父亲还在受审查，她走时很不放心，非常想看个究竟，但她拗不过生死大限。她曾自我排解说，知道儿女是好的，还有什么别的可求呢。十月三日上午六时三刻，我们围在母亲床前，眼见她永远阖上了眼睛。我知道，我再不能睡在母亲身边讨得那样深的平安感了；我们的家从此再没有春天和太阳了。我们的家像一叶孤舟忽然失了掌舵的人，在茫茫大海中任意漂流。我和小弟连同父亲，都像孤儿一样不知漂向何方。

因为政治形势，亲友都很少来往。没有足够的人抬母亲下楼，幸亏那天来了一位年轻的朋友，才把母亲抬到太平间。当晚哥哥自美国飞回，到家后没有坐下，立刻要"看娘去"，我不得不告诉他母亲已去。他跌坐在椅上，停了半晌，站起来还是说"看娘去"。

父亲为母亲撰写了一副挽联："忆昔相追随，同荣辱，共安危，期颐望齐眉，黄泉碧落君先去；从今无牵挂，斩名缰，破利锁，俯仰无愧怍，海阔天空我自飞。"自己一半的消失使父亲把一切都看透了。以后母亲的骨灰盒，一直放在父亲卧室里。每年春节，父亲必率领我们上香。如此凡十三年。直到一九九〇年初冬那凄惨的日子，父母相聚于地下。又过了一年，一九九一年冬我奉双亲归窆于北京万安公墓。一块大石头作为石碑，隔开了阴阳两界。

我曾想为母亲百岁冥寿开一个小小的纪念会，又想到老太太们行动不便最好少打扰，便只就平常的了解或电话上交谈，记下几句话。

姨母任均是母亲最小的妹妹，姨父母在驻外使馆工作时，表弟妹们读住宿小学，周末假日接回我家，由母亲照管。姨母说，三姐不只是你们一家的守护神，也是大家的贴心人。若没有三姐，那几年我真不知怎么过。亲戚们谁没有得过她关心照料？人人都让她费过心血。我们心里是明白的。

牟决鸣先生已是很久不见了。前些时打电话来，说："回想起在北大居住的那段日子，觉得很有意思。任大姐那时是活跃人物，她做事非常认真，总是全力以赴。而且头脑总是很清楚。"

在昆明时赵萝蕤先生和我家几次为邻居。那时她还很年轻，她不止一次对我说很想念冯太太。她说在人际关系的战场上，她总是一败涂地当俘虏。可是和冯太太相处，从未感到战场问题。是母亲教她做面食，是母亲教她用布条打纽扣结。有什么事可以向母亲倾诉。记得在昆明乡下龙头村时，有一次赵先生来我家，情绪不大好，对母亲说，一位军官太太要学英语，又笨又俗又无礼，总问金刚钻几克拉怎么说，她不想教，来躲一躲。母亲安慰她，让她一起做家务事。赵先生走时，已很愉快。

另一位几十年的邻居是王力夫人夏蔚霞。现在我们仍然对门而居。夏先生说："你千万别忘记写上我的话。我的头生儿子缉志是你母亲接生的。当时昆明乡下缺医少药，那天王先生进城上课去了。半夜时分我遣人去请你母亲。冯先生一起来的，然后先回去了。你母亲留下照顾我，抱着我坐了一夜。次日缉志才出世。若没有你母亲，我和孩子会吃许多苦！"

像春天给予百花诞辰一样，母亲用心血哺育着，接引着——

亲爱的母亲的诞辰，是花朝节后十日。

怎得长相依聚

——蔡仲德三周年祭

“蔡仲德（1937—2004），人本主义者”。

这是我为仲德设计的墓碑刻字，我想这是他要的。他在病榻上的最后几个月，想得最多的就是关于人本主义问题。如果他能多有些时日，会有正式的文章表达他的信念。但是天不佑人，他来不及了。只在为我写的一篇短文里提出市场经济、民主政治、人权观念等几个概念。虽然简单，却也清楚地表明了他的理想。现在又想，理想只能说明他追求的高和远，不能说明他生活的广和深。因为他的一生虽然不够长，却足够丰富。他是一个好教师，也是一个好学者。生活最丰满处是因为他有了我，我有了他。世上有这样的拥有，永远不能成为过去。

人人都以为，我最后的岁月必定有仲德陪伴，他会为我安排一切。谁也没有料到，竟是他先走了，飘然飞向遥远的火星。我们原说过，在那里有一个家。有时我觉得，他正在院中的小路上走过来，穿着那件很旧的夹大衣；有时在这边说话，总觉得他的书房里有回应，细听时，却又没有。他已经消失了，消失在蓝天白云，青山绿水，树木花草之间。也许真的能在火星上找到他，因为我们这里的事情，要在多少多少光年以后，才能到达那里。他是一个怎样的人，在那里可以重现。

首先，他是一个教师。他在入大学前曾教过两年小学，又在中央音乐学院附中任教二十余年，以后调入中央音乐学院音乐学系。他四十六年的教学生涯里，在中央音乐学院任教四十四年。他教中学时，课本比较简单，他自己添加教材，开了很长的古典诗词目录，要求学生背诵。有的学生当时很烦，说蔡老师的课难上。许多年后却对他说，现在才知道老师教课的苦心，我们总算有了一点文学知识，比别人丰富多了。确实，这不仅是知识，更是对性情的陶冶，影响着一个人的生活。

上个世纪七十年代初，在军营中经过政治磨难的音乐学院师生回到北京，附中在京郊苏家坨上课，虽然上课很不正常，仲德却没有缺过一次课。一次刮大风，我劝他不要去，他硬是骑自行车顶着西北风赶二十几里路去上课，回来成了一个土人儿。上课对于一个教师是神圣的。他在音乐学系开设两门课：中国音乐美学史和士人格研究。人说他的课讲得漂亮。我听过几次，一次在河南大学讲授中国古代音乐美学，一次在香港浸会大学讲“说郑声”。一节课的时间安排得十分恰当，有头有尾，宛如一篇结构严密的文章。更让人称道的是，下课铃响，他恰好讲出最后一个字，而且是节节课都如此，就连他出的考题也如一篇小文章。他在每次上课前都认真准备，做严谨的教案。他说要在四十五分钟以内给学生最多的东西，小学、中学、大学都是如此。一次我们在外边用餐，不知为什么，一个陌生的年轻人拿了一本唐诗，指出一首要我讲，不记得是哪一首了，其中有两个典故。我素来喜读书不求甚解，讲不出，仲德当时做了详细地讲解。他说做教师就要求甚解，要经得起学生问。学生问了，对教师会有启发。

他奄缠病榻两年有半，一直惦记着他的课和他指导的学生。就在他生病的这一个秋天，录取了一名硕士生。他在化疗期间仍要这个学生来上课，在北京肿瘤医院室内花园，在北大医院的病室，甚至是一面打着吊针，授课一面在进行。他对学生非常严格，改文章一个标点都不放过。学生怕来回课，说若是回答草率，蔡老师有时激动起来，简直是怒发冲冠，头发胡子都根根竖起。不是他指导的学生也请他看文章，他一视同仁，十分认真地提意见，挑毛病改文字。同学们敬他爱他又怕他。

他做手术的那一天，走廊里站了许多我都不认识的音乐学院师生，许多人要求值班。那天清晨，有位老学生从很远的地方赶到我家，陪伴我。一个现在台湾的老学生在电话中哭着恳求我们收下他们的捐助。我们并不需要捐助，可是学生们的关心从四面八方把我们沉重的心稍稍托起。

一个大学教师在教的同时，自己必须做学问，才能带领学生前进，才能不仅仅是一个教书匠。他从七十年代末研究《乐记》的成书年代开始，对中国音乐美学做了考察，写出了《中国音乐美学史》这部巨著。这是我国的第一部音乐美学史。后来这本书要修订出版，那时他住在龙潭湖肿瘤医院。他坐一会儿躺一会儿，一字一字，一页一页，八百多页的书稿在不时插上又拔下针管的过程中修订完毕。

他能够连续十几小时稳坐书案之前，真有把板凳坐穿的精神。他从事学术研究不限于音乐美学，冯学研究也是重要的部分。其著述材料之翔实，了解之深切，立论之精当，为学界所推重。还是不知不觉间，他写出了六十六万字的《冯友兰先生年谱初编》，并整理、修订增补了七百余万字的《三松堂全集》第二版，又写出了《冯友兰先生评传》《教育家冯友兰》等。

对于我的父亲，他不只是一个研究者，而且也远远超过半子。幸亏有他，父亲才有这样安适的晚年。他推轮椅，抬担架，帮助喂饭、如厕。我的兄弟没有做到和来不及做的事，他做了。我自己承担不了的事，他承担了。从父母的墓地回来，荒寂的路上如果没有他，那会是怎样的日子？可是现在，他也去了。

在繁忙的教学、研究之余，他为我编辑了《宗璞文集》四卷本。他是我的第一读者，为我的草稿挑毛病。我用引文懒得查时，便去问他，他会仔细地查好。我称他为风庐图书馆馆长，并因此很得意。现在我去问谁？

父亲去世以后，我把家中藏书赠给清华大学思想文化研究所，设立了“冯友兰文库”，但留了《四部丛刊》和一些线装典籍，供仲德查阅。他阅读的范围，已经比父亲小多了。现在他走了，我把留下的最后的书也送出。我已经告别阅读，连个范围也没有了。他自己几十年收集的关于音乐美学方面的书，我都送给了中央音乐学院图书馆。学生们从这些书中得到帮助时，我想他会微笑。

他喜欢和人辩论，他的许多文章都在辩论。辩论就是各抒己见，当仁不让。他说思想经过碰撞会迸发出火花，互相启迪，得到升华，所谓真理愈辩愈明。如果只有“一言堂”，思想必然僵化，那是很可怕的。他看到的只是学问道理，从没有个人意气。

他关心社会，反对躲进象牙之塔。他认为每一性命是独立的又是相连的。他在音乐学院做基层人民代表十年，总想多为别人做些事。他是太不量力了，简直有些多事，我这样说他。他说大家的事要大家管。音乐史学家毛宇宽说：“蔡仲德是一位真正意义上的中国知识分子。”我觉得他是当得起的。

我们居住的庭院中有三棵松树，因三松堂之名得到许多人的关心。常有人来，有的是从很远的地方来，就为了要看一看这三棵松树。三棵松中有两棵高大，一棵枝条平展，宛如舞者伸出的手臂。仲德在时，这一棵松树已经枯萎，剩下一段枯木，我想留着，不料很不好看，挖去了。又栽上一棵油松，树顶圆圆的，宛如垂髫少女。仲德和我曾在这棵树前合影，他坐我立，这是他最后的一张室外照片，也是我们最后的合影。又一棵松树在一次暴风雨中折断了，剩下很高的枯干，有些凶相。现在这棵树也挖去了，仍旧补上一棵油松，姿态和垂髫少女完全不同，像是个小娃娃，人们说它是仙童。

仲德没有看见这棵新松。万物变迁，一代又一代，仲德留下了他的著作和理想，留下了他的爱心。爱心是和责任感连在一起的，我们家中从里到外许多事都是他管。他生病后的第一个冬天，在病房惦念着家里的暖气。他认为来暖气时应该打开暖气上的阀门，让水流出来，水才会通。他在病床上用电话指挥，每个房间依次打开不能搞乱。我们几个女流之辈，拎着水桶，被他指挥得团团转。其实我认为这是不必要的，可是我领头依令而行，泪滴在水桶里……

仲德和我在一起生活了三十五年，因为有了他，我的生活才这样丰满。我们可以彼此倾诉一切，意见不同可以辩论，但永远互相理解，互相尊重。在他最后的时刻，我们曾一起计算着属于我们两人的日子。他含泪低声说："我们相聚的时间太少了。"现在想起来，仍觉肝肠寸断！只要有他，我实在别无所求。可是，可是他去了。

再没有人能像他那样分担我的责任，化解我的烦恼，我的心得体会再无人分享，笑容、眼泪也再无人印证。但他留下的力量是这样大，可以支持我，一直走向火星。

蔡仲德，我的夫君，在那里等我相聚。

女儿告诉我，她做过一个梦，梦见我们三个人在一起，仲德不知为什么起身要走。我们哭着要拉住他，可是怎么也拉不住。

人生的变化是拉不住的。

哭小弟

我面前摆着一张名片，是小弟前年出国考察时用的。名片依旧，小弟却再也不能用它了。

小弟去了。小弟去的地方是千古哲人揣摩不透的地方，是各种宗教企图描绘的地方，也是每个人都会去，而且不能回来的地方。但是现在怎么能轮得到小弟！他刚五十岁，正是精力充沛，积累了丰富的学识经验，大有作为的时候。有多少事等他去做啊！医院发现他的肿瘤已经相当大，需要立即做手术，他还想去参加一个技术讨论会，问能不能开完会再来。他在手术后休养期间，仍在看研究所里的科研论文，还做些小翻译。直到卧床不起，他手边还留着几份国际航空材料，总是“想再看看”。他也并不全想的是工作。已是滴水不进时，他忽然说想吃虾，要对虾。他想活，他想活下去呵！

可是他去了，过早地去了。这一年多，从他生病到逝世，真像是个梦，是个永远不能令人相信的梦。我总觉得他还会回来，从我们那冬夏一律显得十分荒凉的后院走到我窗下，叫一声“小姊——”。

可是他去了，过早地永远地去了。

我长小弟三岁。从我有比较完整的记忆起，生活里便有我的弟弟，一个胖胖的、可爱的小弟弟，跟在我身后。他虽然小，可是在玩耍时，他常常当老师，照顾着小朋友，让大家坐好，他站着上课，那神色真是庄严。他虽然小，在昆明的冬天里，孩子们都生冻疮，都怕用冷水洗脸，他却一点不怕。他站在山泉边，捧着一个大盆的样子，至今还十分清晰地在我眼前。

“小姊，你看，我先洗！”他高兴地叫道。

在泉水缓缓地流淌中，我们从小学，中学到大学，大部分时间都在一个学校。毕业后就各奔前程了。不知不觉间，听到人家称小弟为强度专家；不知不觉间，他担任了总工程师的职务。在那动荡不安的年月里，很难想象一个人的将来。这几年，父亲和我倒是常谈到，只要环境许可，小弟是会为国家做出点实际的事的。却不料，本是最年幼的他，竟先我们而去了。

去年夏天，得知他患病后无法得到更好的治疗，我于八月二十日到西安。记得有一辆坐满了人的车来接我。我当时奇怪何以如此兴师动众，原来他们都是去看小弟的。到医院后，有人进病房握手，有人只在房门口默默地站一站，他们怕打扰病人，但他们一定得来看一眼。

手术时，有航空科学研究院、623所、631所的代表，弟妹、侄女和我在手术室外，还有一辆轿车在医院门口。车里有许多人等着，他们一定要等着，准备随时献血。小弟如果需要把全身的血都换过，他的同志们也会给他。但是一切都没有用。肿瘤取出来了，有一个半成人的拳头大，一面已经坏死。我忽然觉得一阵胸闷，几乎透不过气来——这是在穷乡僻壤为祖国贡献着才华、血汗和生命的人啊，怎么能让这致命的东西在他身体里长到这样大！

我知道在这黄土高原上生活的艰苦，也知道住在这黄土高原上的人工作之劳累，还可以想象每一点工作的进展都要经过十分恼人的迂回曲折。但我没有想到，小弟不但生活在这里，战斗在这里，而且把性命交付在这里了。他手术后回京在家休养，不到半年，就复发了。

那一段焦急的悲痛的日子，我不忍写，也不能写。每一念及，便泪下如绠，纸上一片模糊。记得每次看病，候诊室里都像公共汽车上一样拥挤。等啊等啊，盼啊盼啊，我们知道病情不可逆转，只希望能延长时间，也许会有新的办法。航空界从莫文祥同志起，还有空军领导同志都极关心他，各个方面包括医务界的朋友们也曾热情相助，我还往海外求医。然而错过了治疗时机，药物再难奏效。曾有个别的医生不耐烦地当面对小弟说，治不好了，要他“回陕西去”。小弟说起这话时仍然面带笑容，毫不介意。他始终没有失去信心，他始终没有丧失生的愿望，他还没有累够。

小弟生于北京，一九五二年从清华大学航空系毕业。他填志愿到西南，后来分配在东北，以后又调到成都、调到陕西。虽然他的血没有流在祖国的土地上，但他的汗水洒遍全国，他的精力的一点一滴都献给祖国的航空事业了。个人的功绩总是有限的，也许燃尽了自己，也不能给人一点光亮，可总是为以后的绚烂的光辉做了一点积累吧。我不大明白各种工业的复杂性，但我明白，任何事业也不是只坐在北京就能够建树的。

我曾经非常希望小弟调回北京，分我侍奉老父的重担。他是儿子，三十年在外奔波，他不该尽些家庭的责任吗？多年来，家里有什么事，大家都会这样说："等小弟回来"，"问小弟"。有时只要想到有他可问，也就安心了。现在还怎能得到这样的心安？风烛残年的父亲想儿子，尤其这几年母亲去世后，他的思念是深的、苦的，我知道，虽然他不说。现在他永远失去他的最宝贝的小儿子了。我还曾希望在我自己走到人生的尽头，跨过那一道痛苦的门槛时，身旁的亲人中能有我的弟弟，他素来的可依可靠会给我安慰。哪里知道，却是他先迈过了那道门槛啊！

一九八二年十月二十八日上午七时，他去了。

这一天本在意料之中，可是我怎能相信这是事实呢！他躺在那里，但他已经不是他了，已经不是我那正当盛年的弟弟，他再不会回答我们的呼唤，再不会劝阻我们的哭泣。你到哪里去了，小弟！自一九七四年沅君姑母逝世起，我家屡遭丧事，而这一次小弟的远去最是违反常规，令人难以接受！我还不得不把这消息告诉当时也在住院的老父，因为我无法回答他每天的第一句问话："今天小弟怎么样？"我必须告诉他，这是我的责任。再没有弟弟可以依靠了，再不能指望他来分担我的责任了。

父亲为他写挽联："是好党员，是好干部，壮志未酬，洒泪岂止为家痛；能娴科技，能娴艺文，全才罕遇，招魂也难再归来！"我那唯一的弟弟，永远地离去了。

他是积劳成疾，也是积郁成疾，他一天三段紧张地工作，参加各式各样的会议。每有大型试验，他事先检查到每一个螺丝钉，每一块胶布。他是三机部科技委员会委员，他曾有远见地提出多种型号研究。有一项他任主任工程师的课题研制获国防工办和三机部科技一等奖。同时他也是623所党委委员，需要在会议桌上坦率而又让人能接受地说出自己对各种事情的意见。我常想，能够“双肩挑”，是我们五十年代到六十年代初期出来的知识分子的特点。我们是在“又红又专”的要求下长大的。当然，有的人永远也没有能达到要求，像我。大多数人则挑起过重的担子，在崎岖的、荆棘丛生的，有时是此路不通的山路上行走。那几年的批判斗争是有远期效果的。他们不只是生活艰苦，过于劳累，还要担惊受怕，心里塞满想不通的事，谁又能经受得起呢！

小弟入医院前，正负责组织航空工业部系统的一个课题组，他任主任工程师。他的一个同志写信给我说，一九八一年夏天，西安一带出奇的热，几乎所有的人晚上都到室外乘凉，只有“我们的老冯”坚持伏案看资料。“有一天晚上，我去他家汇报工作，得知他经常胃痛，有时从睡眠中痛醒，工作中有时会痛得大汗淋漓，挺一会儿，又接着做了。天啊，谁又知道这是癌症！我只淡淡地说该上医院看看。回想起来，我心里很内疚，我对不起老冯，也对不起您！”

这位不相识的好同志的话使我痛哭失声！我也恨自己，恨自己没有早想到癌症对我们家族的威胁，即使没有任何症状，也该定期检查。云山阻隔，我一直以为小弟是健康的。其实他早感不适，已去过他该去的医疗单位。区一级的说是胃下垂，县一级的说是肾游走。以小弟之为人，当然不会大惊小怪，惊动大家。后来在弟妹的催促下，乘工作之便到西安检查，才做手术。如果早一年有正确的诊断和治疗，小弟还可以再为祖国工作二十年!

往者已矣。小弟一生，从没有“埋怨”过谁，也没有“埋怨”过自己，这是他的美德之一。他在病中写的诗中有两句：“回首悠悠无恨事，丹心一片向将来。”他没有恨事。他虽无可以彪炳史册的丰功伟绩，却有一个普通人的认真的、勤奋的一生。历史正是由这些人写成的。

小弟白面长身，美丰仪；喜文艺，娴诗词，且工书法篆刻。父亲在挽联中说他是“全才罕遇”，实非夸张。如果他有三次生命，他的多方面的才能和精力也是用不完的；可就这一辈子，也没有得以充分地发挥和施展。他病危弥留的时间很长，他那颗丹心，那颗让祖国飞起来的丹心，顽强地跳动，不肯停息。他不甘心!

这样壮志未酬的人，不止他一个啊!

我哭小弟，哭他在剧痛中还拿着那本航空资料“想再看看”，哭他的“胃下垂”“肾游走”；我也哭蒋筑英抱病奔波，客殇成都；我也哭罗健夫不肯一个人坐一辆汽车！我还要哭那些没有见诸报章的过早离去的我的同辈人。他们几经雪欺霜冻，好不容易奋斗着张开几片花瓣，尚未盛开，就骤然凋谢。我哭我们这迟开而早谢的一代人!

已经是迟开了，让这些迟开的花朵尽可能延长他们的光彩吧。

这些天，读到许多关于这方面的文章，也读到了《痛惜之余的愿望》，稍得安慰。我盼“愿望”能成为事实。我想需要“痛惜”的事应该是越来越少了。

小弟，我不哭！

仙踪何处

冰心老人离开我们了。

人们常把这种离去称为仙逝。我觉得谢先生确实是成了仙了。她随世纪而来，又随世纪而去，有着完满的一生。她不只是好作家，也是好女儿、好妻子、好母亲。有这样福分的人不多。

中国伦常的一项重要内容是朋友。谢先生有很多朋友。这又是一种难得的福分。她爱朋友们，朋友们也爱她。赵萝蕤先生曾对我说，她结婚前，谢先生专到她家讨论这桩婚事，这关心让人难忘。经过了“十年浩劫”，人们渐渐从麻木中醒来，彼此有了来往。赵先生和我商量去看望老人。我们去了，大家都十分高兴，谈话很随意。当然还有那只猫。在梁启超的那幅“世事沧桑心事定，胸中海岳梦中飞”字下照相时，我想，这对老人来说，是重复而又重复的节目了。她却不嫌烦，因为她心里装着朋友。赵先生先老人一年而去。如今她们在一起时，不知会讨论哪些话题。

老人世事洞明，晚年更增添了棱角。她的短文《我请求》影响很大。一位自小相识的准兄弟看后责备我：“你怎么不写一篇？”我很难回答。以后的文章《等待》，似很平淡，也给人极深的印象。这一篇简单朴素的文字，只写了几个家人，却装着一个大关心。关心着人民的疾苦和祖国的命运。

这个多福的老人留给我们一个谜，这个谜恰在我身边。老人曾居住于燕南园，那是她婚后最初的家。我曾认为她住的是六十六号，有何根据，却记不得，说不出了。近见有文章，说林庚先生也说是六十六号。但吴青[①]说是六十号，当然应以她的话为准。有意思的是，燕南园房屋样式多不相同，恰恰这两幢十分相像。都是带有门廊的二层小楼，里面结构也大致相同。记得谢先生有文《我的家在哪里》，描写梦中回到各个时期的家，似乎没有提到燕南园。现在若回来，会分辨出哪一座是最初的家吗？

谢先生是成了仙了，她从闪烁的星空中俯视我们，从融融的春水中映照我们。在一次冰心奖的发奖会上，我曾写过两句话：“繁星爱之光，春水生之意。”那是永远的爱之光，永远的生之意。

---

① 吴青：原名吴宗黎，祖籍江苏江阴，出生于北京，是已故中国著名作家冰心和社会学家吴文藻的幼女。

在曹禺墓前

四十年代后期，在清华读书时，有一阵子，每到下午课后，常常骑车出去漫游。圆明园、颐和园以及这一带当时还很荒僻的郊野，都是常到的地方。漫游中有一个“景点”，便是万安公墓。那时的万安真是安静，很少人迹，墓也不多。春来野花烂漫，秋至落叶萧萧，便总想起华兹华斯的那首《我们是七个》，诗中说一个孩子认为死去的姐妹只不过是躺在墓园里，有句云“每当夕阳西下／我来到墓边／拿着我的小碗／坐在他们身旁吃晚饭”，似乎他们仍在世上。那时我在墓间走来走去，觉得彼岸世界浑和静穆，很近又很远。

后来自己经历了几次亲人的永别，才知道什么是死亡。万安公墓不再是我欣赏的对象，而是牵连到我的心魂。我几乎是怕去，但又想去，抚一抚父母的墓碑，也是定省。今年清明前我们照例去扫墓，擦拭了作为墓碑的大石头，摆好了花束，又照例默然站了一会儿，各人想自己的心事。然后为一点小问题，我们到管理处去。走过另一个区时，家人忽说："曹禺在这里。"

我们快步向前，见一个矮碑，写着"曹禺"两个大字，为巴金老人所题。墓面是隆起的黑色大理石，没有任何别的字迹。本来"曹禺"两个字就足以说明一切了。我们不约而同肃然而立，深深三鞠躬。

五十年代中，我在文艺界打杂，曹禺同志（这是习惯的称呼）为写《明朗的天》，曾约我谈话，要我讲讲解放前后教授的生活、学生的心情等。我讲话的能力很差，大概没有帮助。讲到刚解放时，和几个同学在寒风中，走到海淀去看解放军。解放军一个个都很年轻，戴着大皮帽子。他很注意这一细节。《文艺报》一个同事的妹妹是医生，他也曾去拜访。听说他写《日出》时，对不了解的生活特地去做实地考察。这样补充生活，有时能酿出蜜来，有时却不一定，而这种认真的精神很值得我学习。以后，每在一些场合遇到时，他总要关心地问起冯老师近况。印象最深的是在阳翰老八十五华诞的庆祝会上，曹禺同志特地走到我面前说："问老师好，我是万家宝。告诉他，万家宝问好！"

一九九三年，我在深圳小住。住处有一个女服务员，学写小说，笔名梅子，拿了几篇作品，来征求意见。乃和她谈起要多读书。她说最想读曹禺的剧本，许多人想读，但是买不到。回京后，我立即到处搜寻《曹禺选集》，遍寻无着。我们又失望又气闷，为什么想看的书总是买不到呢？这个奥秘我到现在还不明白。当时有一家小出版社负责人听说，觉得偌大北京城买不到曹禺剧本实在不可思议，便想由他填补空白。我们都很兴奋，特地到北京医院看望曹禺同志，说了这一愿望。他说已和人民文学出版社签有合同，可是不知是没有书了，还是有书渠道不通。那家小出版社只好作罢。他还坚持依照习惯，坐在轮椅上送我们到电梯口。其实我们也知道，这样的张罗只是尽心而已。我只好写信给梅子，告诉买不到书，也不知道她收到这信没有。后来《曹禺全集》是由花山出版社出版的，不知是什么原因。

一九九六年底，曹禺同志逝世，我觉得历史好像翻过了一页，再也回不去了。

曹禺同志是话剧史上的里程碑，我没有专门研究，这只是一个读者的看法。记得在昆明，上中学时，曾看过《家》《北京人》等演出，每次都受到很大的震撼。它们都有一种诗意，就好像《红楼梦》和别的小说的区别，就是有一种诗意。这使得作品超凡脱俗，直扣人们心底。从来改编小说的剧本都不及小说，只有《家》的改编是个例外。它本身就是创作，很有灵气，很美。我很喜欢曹禺的对话。只凭对话不用描写，就能塑造出活生生的人物，真是了不起！而且那语言是多么铿锵有力。那时我们几个少年人在一起，有人随便说一句："太阳出来了！"别的人就会自然地接上去"黑暗留在后头，但是太阳不是我们的，我们要睡了"。还有《北京人》中的台词，"这是人类的祖先，这也是人类的希望，那时的人要爱便爱，要恨便恨"，也是我们常背诵的。《原野》中仇虎和金子的对话，一个说："给你钱。"一个答："钱我有。"一个说："给你车。"一个答："车不用。"过了几十年，我还记得。我觉得他的剧本不只是为上演，也是为了阅读，可以大声朗诵，也可以默默阅读，那语言在你心里回荡时，真是无声胜有声了。

若要攀点儿关系，可以说曹禺同志和我是清华先后同学。我一直认为，自一九二八年，清华学校改为清华大学以降，在文科领域里，曹禺是清华学长第一人。

还有一位我敬佩的清华学长是作曲家黄自。老实说，当我知道黄自也是清华毕业（一九二四年）时，很觉奇怪。我喜欢他的音乐。在我国现代音乐史上，第一部交响音乐是他创作的。一九九五年，我在美国参加一个会，一个台湾旅美作家说，他很关心对黄自的评价。其实我们的中央音乐学院已经在校园里竖起了黄自的铜像。我每次去都要行注目礼。前几天，中央电视台还演播了他的《抗敌歌》。我永远记得那雄壮的合唱：“锦绣江山谁是主人翁？我们四万万同胞！”可惜黄自在抗战后一年，在三十四岁的锦绣年华中去世了。不然我们还会听到他更好的、真正伟大的音乐。

曹禺和黄自对中华民族的文化倾注了自己生命的甘泉。他们的作品都是原创性的，不可替代的。他们是清华的骄傲。我们仍在读他的书，唱他的歌，而且会一直继续下去。

我不知道想读曹禺的读者们是否已经有书。希望他们不会等得太久。

明年清明，我当另带一束鲜花，放在曹禺墓前。

三幅画

戊辰龙年前夕，往荣宝斋去取裱的字画。在手提包里翻了一遍，不见取物字据。其实原字据已莫名其妙地不知去向，代替的是张挂失条，而现在连这挂失条也不见了。

业务员见我懊恼的样子，说，拿走罢，找着以后寄回来就行了。

我们高兴地捧了字画回家。一共五幅，两幅字三幅画，一幅幅打开看时，甚生感慨。现只说这三幅画。

三幅画均出自汪曾祺的手笔。

老实说，在一九八六年以前，我从不知汪曾祺擅长丹青，可见是何等的孤陋寡闻。原只知他不只写戏还能演戏，不只写小说散文还善旧诗，是个多面手。四十年代初，西南联大同学排演《家》。因为长兄钟辽扮演觉新，我去看过戏。有两个场面印象最深，一是高老太爷过世后，高家长辈要瑞珏出城生产，觉新在站了一排的长辈面前的惶恐样儿。哥哥穿一件烟色长衫，据说很潇洒。我只为觉新伤心，以后常常想起那伤心。一是鸣凤鬼魂下场后，老更夫在昏暗的舞台中间，敲响了锣，锣声和报着更次的喑哑声音回荡在剧场里。现在眼前还有老更夫的模样，耳边还有那声音，涩涩的，很苦。

老更夫是汪曾祺扮演的。

时光一晃过了四十年。八十年代初，《钟山》编辑部举办太湖笔会，从苏州乘船到无锡去。万顷碧波，洗去了尘俗烦恼，大家都有些忘乎所以。我坐在船头，乘风破浪，十分得意，不断为眼前景色欢呼。汪兄忽然递过半张撕破的香烟纸，上写着一首诗："壮游谁似冯宗璞，打伞遮阳过太湖。却看碧波千万顷，北归流入枕边书。"我曾要回赠一首，且有在船诸文友相助，乱了一番，终未得出究竟。而汪兄这首游戏之作，隔了五年，仍清晰地留在我记忆中。

一九八六年春，偶往杨周翰先生家，见壁悬画图，上栖一只松鼠，灵动不俗。得知乃汪兄大作时，不胜惊异。又有一幅极清秀的字，署名上官碧，又不知这是沈从文先生笔名。杨先生则为我的无知而惊异，笑说，你怎么什么都不知道。

实在是的，我常处于懵懂状态，这似乎是一种习惯。不过一经明白，便有行动，虽然还是拖了许久。初夏时，我修书往蒲黄榆索画，以为一年半载后可得一张。

不想一周内便来了一幅斗方。两只小鸡，毛茸茸的，歪着头看一串紫红色的果子，很可爱。果子似乎很酸，所以小鸡在琢磨罢。

这画我喜欢，但不满意，怀疑汪兄存有哄小孩心理，立即表态：不行不行，还要还要！

第二幅画也很快来了。这是一幅真正的赠给同行的画，红花怒放，下衬墨叶，紧靠叶下有字云："人间存一角，聊放侧枝花。临风亦自得，不共赤城霞。"画中花叶与诗都在一侧，留有大片空白，空白上有烟灰留下的一个小洞。曾嘱裱工保留此洞，答称没有这样的技术。整个画面在临风自得的恬淡中，却有一种活泼的热烈气氛。父亲看不见画，听我念诗后，大为赞赏，说用王国维标准来说，这诗便是不隔。何谓不隔？物与我浑然一体也。

我这时已满意，天下太平，不再生事。不料秋末冬初时，汪兄忽又寄来第三幅画。这是一幅水仙花，长长的挺秀的叶子，顶上几瓣素白的花，叶用蓝而不用绿，花就纸色不另涂白。只觉一股清灵之气，自纸上透出。一行小字：为纪念陈澂莱而作，寄予宗璞。

把玩之际，不觉唏嘘。谢谢你，汪曾祺！

澂莱乃我挚友，和汪兄也相识。五十年代最后一年，澂莱与我一同下放在涿鹿县。当时汪兄在张家口一带，境况比我们苦得多了。一次开什么会，大家穿着臃肿的大棉袄在塞上相见。我仍是懵懵懂懂，见了不认识的人当认识，见了认识的人当不认识。澂莱常纠正我，指点我这人那人都是谁；看我见了汪兄发愣，苦笑道，汪曾祺你也不认识！

澂莱于一九七一年元月在寒冷的井中直落九泉之下，迄今不明缘由。我曾为她写了一篇《水仙辞》的小文。现在谁也不记得她了，连我都记不准那恐怖的日子。汪兄却记得水仙花的譬喻，为她画一幅画，而且说来年水仙花发，还要写一幅。

从前常有性情中人的说法，现在久不见这词了。我常说的"没有真性情，写不出好文章”的大白话，也久不说了。性情中人不一定写文章，而写出好文章的，必有真性情。

汪曾祺的戏与诗，文与画，都隐着一段真性情。

三幅画放到一九八七年才送去裱，到一九八八年春节才取回。在家里再翻手提包，那挂失条竟赫然在焉。我只能笑自己的糊涂。

第四部分

而今，无须计较与安排

想来我虽不肯半途而废，却肯适可而止，
才得以从容始，又以从容终。

风庐茶事

茶在中国文化中占特殊地位，形成茶文化。不仅饮食，且及风俗，可以写出几车书来。但茶在风庐，并不走红，不为所化者大有人在。

老父一生与书为伴，照说书桌上该摆一个茶杯。可能因读书、著书太专心，不及其他，以前常常一天滴水不进。有朋友指出“喝的液体太少”。他对于茶始终也没有品出什么味儿来，茶杯里无论是碧螺春还是三级茶叶末，一律说好，使我这照管供应的人颇为扫兴。这几年遵照各方意见，上午工作时喝一点淡茶。一小瓶茶叶，终久不灭，堪称节约模范。有时还要在水中夹带药物，茶也就退避三舍了。

外子仲德擅长坐功，若无杂事相扰，一天可坐上十二小时。照说也该以茶为伴。但他对茶不仅漠然，更且敌视，说“一喝茶鼻子就堵住”。天下哪有这样的逻辑！真把我和女儿笑岔了气，险些儿当场送命。

女儿是现代少女，喜欢什么七喜、雪碧之类的汽水，可口又可乐。除在我杯中喝几口茶外，没有认真的体验。或许以后能够欣赏，也未可知，属于“可教育的子女”。近来我有切身体会，正好用作宣传材料。

前两个月在美国大峡谷，有一天游览谷底的科罗拉多河，坐橡皮筏子，穿过大理石谷，那风光就不用说了。天很热。两边高耸入云的峭壁也遮不住太阳。船在谷中转了几个弯，大家都燥渴难当。“谁要喝点什么？”掌舵的人问，随即用绳子从水中拖上一个大兜，满装各种易拉罐，熟练地抛给大家，好不浪漫！于是都一罐又一罐地喝了起来。不料这东西越喝越渴，到中午时，大多数人都不再接受抛掷，而是起身自取纸杯，去饮放在船头的冷水了。

要是有杯茶多好！坐在滚烫的沙岸上时，我忽然想，马上又联想到《孽海花》中的女主角傅彩云做公使夫人时，参加一次游园会，各使节夫人都要布置一个点，让人参观。彩云布置了一个茶摊。游人走累了，玩倦了，可以饮一盏茶，小憩片刻。结果茶摊大受欢迎，得了冠军。摆茶摊的自然也大出风头。想不到我们的茶文化，泽及一位风流女子，由这位女子一搬弄，还可稍稍满足我们民族的自尊心。

但是茶在风庐，还是和者寡，只有我这一个“群众”。虽然孤立，却是忠实，从清晨到晚餐前都离不开茶。以前上班时，经过长途跋涉，好容易到办公室，已经像只打败了的鸡。只要有一盏浓茶，便又抖擞起来。所以我对茶常有从功利出发的感激之情。如今坐在家里，成为名副其实的两个小人在土上的“坐”家，早餐后也必须泡一杯茶。有时天不佑我，一上午也喝不上一口，搁在那儿也是精神支援。

至于喝什么茶，我很想讲究，却总做不到。云南有一种雪山茶，白色的，秀长的细叶，透着草香，产自半山白雪半山杜鹃花的玉龙雪山。离开昆明后，再也没有见过，成为梦中一品了。有一阵很喜欢碧螺春，毛茸茸的小叶，看着便特别，茶色碧莹莹的。喝起来有点儿像《小五义》中那位壮士对茶的形容，“香喷喷的，甜丝丝的，苦因因的”。这几年不知何故，芳踪隐匿，无处寻觅。别的茶像珠兰、茉莉、大方、六安之类，要记住什么味道归在谁名下也颇费心思。有时想优待自己，特备一小罐，装点龙井什么的。因为瓶瓶罐罐太多，常常弄混，便只好摸着什么是什么。一次为一位素来敬爱的友人特找出东洋学子赠送的“清茶”，以为经过茶道台面的，必为佳品。谁知其味甚淡，很不合我们的口味。生活中各种阴错阳差的事随处可见，茶者细枝末节，实在算不了什么。这样一想，更懒得去讲究了。

妙玉对茶曾有妙论，“一杯曰品，二杯曰解渴，三杯就是饮驴了”。茶有冠心苏合丸的作用，那时可能尚不明确。饮茶要谛应在那只限一杯的“品”，从咂摸滋味中蔓延出一种气氛。成为“文化”，成为“道”，都少不了气氛，少不了一种捕捉不着的东西，而那捕捉不着，又是从实际中来的。

若要捕捉那捕捉不着的东西，需要富裕的时间和悠闲的心境，这两者我都处于“第三世界”，所以也就无话可说了。

风庐乐忆

清华园乙所曾是我的家。它位于园内一片树林之中。小时候觉得林子深远茂密，绿得无边无涯，走在里面，像是穿过一个梦境。抗战时在昆明，对北平的怀念里，总有这片林子。及至胜利后，再住进乙所，却发现这林子不大，几步便到边界，也没有回忆中的丰富色彩。

复员后的一年夏天，有人在林中播放音乐，大概是所谓的音乐茶座吧。凭窗而立，音乐像是从绿色中涌出来，把乙所包围了，也把我包围了。常听到的有舒伯特的《未完成交响曲》，这是很少的我记得旋律的乐曲之一。还有贝多芬的《田园》，莫扎特的弦乐四重奏，柴可夫斯基的《悲怆》等。每当音乐响起时，小树林似乎扩大了，绿色显得分外滋润，我又有了儿时往一个梦境深处飘去的感觉。

清华音乐室很活跃，学生里音乐爱好者很多。学余乐手颇不乏人，还出了些音乐专业人才。我是不入流的，只是个不大忠实的听众而已。因为自己有的唱片很有限，常和同学一起到美国教授温德先生家听音乐。温德先生教我们英诗和莎士比亚，又深谙古典音乐。他没有家，以文学和音乐为伴。在他那里听了许多经典名作，用的大都是七十八转唱片。每次换唱片，他都用一个圆形的软刷子把唱片轻刷一遍，同时讲解几句。他不是上课，不想灌输什么。现在大家都不记得他讲什么，却记得他最不喜欢柴可夫斯基，认为柴可夫斯基太感伤。有一次听肖邦，我坐在屋外台阶上，月光透过掩映的花木照下来。我忽然觉得肖邦很有些中国味道。后从《傅雷家书》中得知确实中国人适合弹肖邦。有很长一段时间，我最偏爱肖邦。

以后在风庐居住的约四十年中，听音乐的机会随客观情况的变化而忽少忽多。只是再没有固定的音乐活动了，也没有人义务为大家换唱片了。最后一次见到温德是在北大校医院楼梯口，他当时已快一百岁了，坐在轮椅上，盖着一条毯子。我忙趋前问候。他用英语说："他们不让我出去！告诉他们，我要出去，到外面去！"我找到护士说情。一位说，下雨呢，他不能出去。又一位说，就是不下雨，也不能去。我只好回来婉转解释，他看着我，眼神十分悲哀。我不忍看，慌忙告别下楼去，一路漾漾细雨中，我偏偏仿佛听到柴可夫斯基《第六交响曲》中那段最哀伤的曲调。温德先生听见了什么，我无法问他。

这几年较稳定，便成为愈来愈忠实的听者，海淀这边有音乐会时，常偕外子前往。好几次见满场中只有我两人发染银霜，也不觉得杂在后生群中有什么不妥。有一次中央乐团先演奏一个现代派的名作，休息后演奏贝多芬的《第七交响曲》，在饱受奇怪音响的磨难之后，觉得《第七交响曲》真好听！它是这样活泼而和谐，用一句旧话形容，让人全身三万六千个毛孔都通开了。又一次有一位前苏联女钢琴家来演奏拉赫玛尼诺夫《第二钢琴协奏曲》，于是，满怀热望到场，谁知她的演奏十分苍白无力。我却也不沮丧，总算当场听过一次了。在海淀听过几次肖斯塔科维奇，发现他是那样深刻，和我们的心灵深处很贴近很贴近。一九九一年严冬，我刚结束差不多一年的病榻生活，不顾家人反对，远征到北京音乐厅听莫扎特的《安魂曲》。记得刚见“莫扎特”这几个字，便感到安慰。

严肃音乐不景气，音乐会少多了。要听音乐，当然还是该自己拥有设备。我毫无这方面的志向，只是书已够我对付，够我“恨”了，怎受得了再加上磁带、唱片、CD什么的。我憧憬的是家徒四壁，想看书到图书馆，想听音乐一按收音机。许多国家有专播古典音乐的电台，我希望我们在这一点能赶上，不必二十四小时，八小时也够了，可不能安排在夜里。

现代音乐理论家黎青主曾说音乐是“上界的语言”，并引马丁·路德的诗句：“谁从事音乐就是有了一份上界的职业。”他自己解释说，意即音乐是灵魂的语言，是灵界的一种世界语言。音乐在诸门艺术中确是最直接诉诸灵魂的，最没有国界的。对“上界的语言”这话，我还想到两层意思：一是可以用来形容音乐的美，另一层意思我用一句话来表达，那就是：能听一点音乐的人有福了。

星期三的晚餐

去年春来时，我正在医院里。看见小花园中的泥土变得湿润，小草这里那里忽然绿了起来，真有说不出的安慰和兴奋。“活着真好。”我悄悄对自己说。

那时每天想的是怎样配合治疗。为补元气，饮食成为一件大事。平常我因太懒，奉行“宁可不吃也不做”的原则。当然别人做了好吃的，我也有兴趣，但自己是懒得动手的。得了病，别人做来我吃，成为天经地义，还唯恐不合口味，做者除了仲和外甥女冯枚，扩及住得近的表弟妹和多年老友立雕（韦英）夫妇。

立雕是闻一多先生次子，和我同岁。我和他的哥哥立鹤同班，可不知为什么我和闻老二比和闻老大熟得多。立雕知道我的病况后，认下了每星期三的晚餐，把探视的日子留给仲。因为星期三不能探视，就需要花言巧语费尽周折才能进到病房。每次立雕都很有兴致地形容他的胜利。后来我身体渐好，便到楼下去“接饭”。见他提着饭盒沿着通道走来，总要微惊，原来我们都是老人了。

好一碗鸡汤面！油已去得干净，几片翠绿的菜叶，让人看了胃口大开。又一次是煮米粉，不知都放了什么作料，我居然把一碗吃完。立雕还征求意见：“下次想吃什么？”

“酿皮子。”我脱口而出，因为知道春华弟妹是陕西人。

“你真会挑！”又笑加一句，“你这人天生的要人侍候。”

又是一个星期三，果然送来了酿皮子。那东西做起来很麻烦，要用特制的盘子盛了面糊，在开水里搅来搅去。味道照例是浓重的。饭盒里还有一个小碟，放了几枚红枣。立雕说这是因为作料里有蒜，餐后吃点枣可以化解蒜味儿，是春华预备的。

我当时想，我若不痊愈，是无天理。

立雕不只拿来晚饭，每次还带些书籍来。多是关于抗战时昆明生活的。一次说起一九四五年一月我们随闻一多先生到石林去玩。闻先生那张口衔烟斗的照片就是在石林附近尾泽小学操场照的。

“说起来，我还没有这张照片呢。”我说。

“洗一张就是了。”果然下次便带来了那照片。比一般常见的大些。闻先生浓眉下双目炯炯有神，正看着我们，烟斗中似有轻烟升起。

闻先生身后有个瘦瘦的小人儿，坐在地上，衣着看不清，头发略长，弯弯的。

“呀！”我叫了一声，“这是谁呀？”

素来反应迟钝的仲这次居然一眼看清，虽然他从未见过少年时代的我：“这是谁？这不是我们的病号吗！”

立雕原来没有注意，这时鉴定认可。我身旁还有一个年轻人，不是立雕，也不是小弟，总是当时的熟人吧。

素来自命清高，不喜照相，人多时便躲到一边去。这回怎么了！我离闻先生不近，却正好照上了。而且在近五十年后才发现。看见自己陪侍闻先生在照片里，觉得十分的快乐。

在昆明有一段时间，我们和闻家住隔壁。家门前都有西餐桌面大的一小块土地，都种了豌豆什么的，好掐那嫩叶尖。母亲和闻伯母常各自站在菜地里交谈。小弟向立鹤学得站立洗脚法，还向我传授。盆放在凳子上，人站在地下，两脚轮流作金鸡独立状。我们就一面洗一面笑。立鹤很有才华，能绘画、善演戏，英语也不错，若是能够充分发挥，应也像三弟立鹏一样是位艺术家。可叹他在一九四六年的灾难中陪同闻先生在鬼门关走了一遭；一九五七年又被错误地批判，并受了处分，经历甚为坎坷，心情长期抑郁不畅。他一九八一年因病去世，似是同辈人中最早离去的。

那次去石林是西南联大学生组织的，请闻先生参加。当时立鹤、立雕兄弟，小弟和我都是联大附中学生，是跟着闻先生去的。先乘火车到路南，再骑一种矮脚马。我们那时都没有棉衣，记得在旷野中迎风骑马，觉得寒气沁人。骑马到尾泽后，住在尾泽小学。以后无论到哪里都是步行了。先赏石林的千姿百态，为那鬼斧神工惊叹不止。再访瀑布大叠水、小叠水。给我印象最深的是尾泽附近的长湖。湖边的石奇巧秀丽，树木品种很多，一片绿影在水中，反照出来，有一种淡淡的幽光。水面非常安详闲在，妩媚极了。我以后再没有见到这样纯真妩媚的湖。一九八〇年回昆明，再去石林，见处处是人为的痕迹，鬼斧神工的感觉淡得多了。没有人提到长湖，我也并不想再去，怕见到那本是不食人间烟火的天真烂漫，也沾惹上市井之气。

这张照片中没有风景，那时大同学组织活动，目的也不在风景。只是我太懵懂了，只记得在操场围成一个大圈子，学阿细跳月[①]。闻先生讲话，大同学朗诵诗、唱歌，内容都不记得了。

一九八〇年曾为闻先生衣冠冢写了一首诗，后半段有这样几句："亲眼见那燃着的烟斗／照亮了长湖边的苍茫暮霭／我知道这冢内还有它／除了衣冠外。"原来照片中不只有它，还有我。

闻先生罹难后，清华不再提供住宅。父母亲邀闻伯母带领孩子们到白米斜街家中居住。我们住后院，立雕一家住前院。常和小弟三人一道骑车。那时街上车辆不像现在这样拥挤，三人并排而行，也无人干涉。现存有几张当时在北海拍摄的相片，一张是立雕和我在白塔下，我的头发和在闻先生背后这一张还是一模一样。后来我们迁到清华住了，他们一家经组织安排到了解放区。一晃便是几十年过去了。

在昆明时，教授们为生活所迫，不得不做点能贴补家用的营生。闻先生擅长金石，对美学和古文字又有很高的造诣，这时便镌刻图章，石章每字一千二百元，牙章每字三千元。立雕、立鹤兄弟两人有很

---

① 阿细跳月：是彝族阿细人最具代表性的民族民间舞蹈，阿细跳月阿细语称"嘎斯比"，即"欢乐跳"之意，因多在月光篝火旁起舞，故名曰"阿细跳月"。

好的观摩机会，渐得真传，有时也分担一些。立雕参加革命后长期做宣传工作，一九八八年离休，在家除编辑新编《闻一多全集》的《书信卷》之外，还应邀为浠水闻一多纪念馆设计和编写展览脚本。近期又将着手编闻先生的影集《人民英烈闻一多》。看样子他虽离休了，事情还很多，时间仍是不敷分配。

看来子孙还是非常重要，闻先生不只有子，而且有孙。《闻一多年谱长编》是由立雕之子闻黎明编写的。黎明查找资料很仔细，到昆明看旧报，见到冯爷爷的材料也都摘下。曾寄来蒙自“故居”的照片，问“璞姑”是不是这栋房子。房子不是，但在第三代人心中存有关切，怎不让人感动！

父亲前年去世后，立雕写了情意深重的信。信中除要以他们兄妹四人名义敬献花圈外，还说：“伯父去世是我们国家和人民的重大损失。我永远忘不了在我们最困难的时候，伯父、伯母给我们的关怀、帮助和安慰。我们两家两代人的友谊，是我脑海中永不会消失的美好记忆与回忆。”

从那桌面大的豌豆地，从那长湖上的暮霭，友谊延续着，通过了星期三的晚餐，还在延续着。我虽伶仃，却仍拥有很多。我有知我、爱我的朋友，有众多的堂兄弟姊妹、表兄弟姊妹，还有因上一代友情延续下来的诸家准兄弟姊妹。

比起“文革”间那一次重病的惨淡凄凉，这次生病倒是满风光的。怎舍得离开这个世界呢?

活着真好。

烟斗上小人儿的话

一九九九年是闻一多先生百年冥寿。他离开我们已经五十余年了。人们只能从照片里瞻仰他的风采。有一张照片传布最广，这也是最能显出闻先生诗人气质、学者风度的照片。他侧着头，口含烟斗，在画面的烟斗上有一个小人儿，那就是我。

我在照片里坐了四十多年，一九九一年在医院中才发现那是我。我真是高兴。这张照片成为我的护身符，当我和各种魔怪（包括病魔）战斗时，每想到这照片，想到闻先生，就觉得增添了力量。

许多人在语文课本里读过闻先生的《最后一次讲演》，那跨出门就不准备再回来的精神感染了多少人，教育了多少人。闻先生倡导说真话，他要做到怎么想就怎么说。抗战后期，他发表许多言论，尖锐批评最高统治者，丝毫不顾及自身安危，他这种大无畏精神，上薄云天。他是无所畏惧，但他对同事朋友是宽厚的，常替别人着想，从未闻有刻薄伤人之言。我想，他对统治者的愤怒是站在人民的利益上，而不是站在一己的利益上，而对于个人之间的摩擦（总会有的）是不放在心上的。可以说是“横眉冷对千夫指，俯首甘为孺子牛”的表率。

闻先生的革命精神包含了诗人气质，“这是一沟绝望的死水，清风吹不起半点涟漪”。（《死水》）“春光从一张张绿叶上爬过……仿佛有一群天使在天空巡逻……忽地深巷里迸出一声清籁：‘可怜可怜我这瞎子，老爷太太！’”（《春光》）他以无比的深情关怀着整个社会。我喜欢《也许》这首葬歌：“我把黄土轻轻盖着你，我叫纸钱儿缓缓地飞。”这又是另一种深情，看透了生死，似浅淡，却长远的深情。闻先生著有《〈九歌〉古歌舞剧悬解》，这是他根据屈原《九歌》写的歌舞剧本，想象力真丰富。我非常想看它的演出。另一个愿望是看爱罗先珂《桃色的云》上演。我想今生是看不到了。

最近，闻惠羽小妹送我一本闻先生的《诗经通义》。这是一部草稿，经闻惠羽校补成书。我翻阅后，见一字一词注释得详尽，更体会到“何妨一下楼主人”的精神。古人说，“三年不窥园，绝庆吊之礼”，才能做一点学问，做学问需要这种不窥园、不下楼的精神。

一九四七年，我在南开大学上学。五六月间，举行了一次诗歌晚会，纪念闻一多。冯至从北京来参加，做了讲演。会后，我写了一首诗，那是我第一首发表的新诗。现摘一段在这里，诗的题目是《我从没有这样接近过你》。

> 我从没有这样接近过你。
> 真的，我从没有这样接近过你。

在大家沉重的脸中我看见了

你的脸。

在大家呜咽的声音里我听到了

你的声音。

我今天才找到了你，找到了你。

找到你

在我们中间。

闻一多是永远在青年中间的，他的精神永远年轻。这些年，我们不大想起闻一多了，远离了他的精神，而我们是多么需要他的精神！对强暴大无畏，对普通人深具同情；富有想象力的审美眼光；还有踏实认真甘坐冷板凳的治学态度。我知道“何妨一下楼”中只有冷板凳。

再来看一看那张照片。一九四五年初，西南联大悠悠体育会组织去石林，邀请闻先生参加。闻先生带了立雕（韦英）兄弟和我及钟越同往。那时去石林要乘火车，骑小马，到尾泽小学打地铺。到几个地方看景致都是步行，大家都是很能走路的。记得有一天中午，在一个小店打尖。闻先生要了米线，每个孩子一碗，招呼我们先吃。后来在长湖畔举行了联欢会，照片便是那时出世的。

我坐在烟斗上，并不感到云雾缭绕的飘飘然，而是感到焦虑沉重——是因为坐在烟斗上吗？我感到沉重，因为我们离闻一多远了；感到焦虑，因为我们似乎并不知道究竟已经离闻一多有多远。

梦回蒙自

对我的父亲——冯友兰先生来说，蒙自是一个有特殊意义的地方。

一九三八年春，北大、清华、南开三校从暂驻足的衡山湘水，迁到昆明，成立了西南联合大学。因为昆明没有足够的校舍，文、法学院移到蒙自，停留自四至八月。我们住在桂林街王维玉宅。那是一个有内外天井、楼上楼下的云南民宅。一对年轻夫妇住楼上，他们是陈梦家和赵萝蕤。我们住楼下。在楼下的一间小房间里，父亲修订完毕《新理学》，交小印刷店石印成书。

《新理学》是哲学家冯友兰哲学体系的奠基之作。初稿在南岳写成。自序云："稿成之后，即离南岳赴滇，到蒙自后，又加写鬼神一章，第四章第七章亦大修改，其余各章字句亦有修正。值战时，深恐稿或散失。故于正式印行前，先在蒙自石印若干部，分送同好。"此即为最初的《新理学》版本。其扉页有诗云："印罢衡山所著书，踌躇四顾对南湖。鲁鱼亥豕君休笑，此是当前国难图。”据兄长冯钟辽回忆，父亲写作时，他曾参加抄稿。大概就是《心性》《义理》和《鬼神》这几章。我因年幼，涂鸦未成，只能捣乱，未获准亲近书稿。

《新理学》石印本现仅存一部，为人民大学石峻教授所藏。纸略作黄色，很薄。字迹清晰。这书似乎是该在煤油灯或豆油灯下看的。

蒙自是个可爱的小城。文学院在城外南湖边，原海关旧址。据浦薛凤记：“一进大门，松柏夹道，殊有些清华工字厅一带情景。故学生有戏称昆明如北平，蒙自如海淀者。”父亲每天到办公室，我和弟弟钟越随往。我们先学习一阵（似乎念过《三字经》），就到处闲逛。园中林木幽深，植物品种繁多，都长得极茂盛而热烈，使我们这些北方孩子瞠目结舌。记得有一段路全为蔷薇花遮蔽，大学生坐在花丛里看书，花丛暂时隔开了战火。几个水池子，印象中阴沉可怖，深不可测，总觉得会有妖物从水中钻出，我们私下称之为黑龙潭、白龙潭、黄龙潭。不知现在去看，还会不会有这样的联想。

南湖的水颇丰满，柳岸荷堤，可以一观。有时父母亲携我们到湖边散步。那时父亲是四十三岁，半部黑髯（胡子不长，故称半部），一袭长衫，飘然而行。父亲于一九三八年自湘赴滇途经镇南关折臂，动作不便，乃留了胡子。他很为自己的胡子长得快而骄傲。当年闻一多先生参加步行团，从长沙一步步走到昆明，也蓄了大胡子。闻先生给家人信中说：“此次搬家，搬出好几个胡子。但大家都说，只我和冯芝生的最美。”

记得那时有些先生的家眷还没有来，母亲常在星期六轮流请大家来用点家常饭。照例是炸酱面，有摊鸡蛋皮、炒豌豆尖等菜肴。以后到昆明也没有吃过那样好的豌豆尖了。记得一次听见父亲对母亲说，朱先生（自清）警告要来吃饭的朋友说，冯家的炸酱面很好吃，可小心不可过量，否则会胀得难受。大家笑了半天。

那时新滇币和中央法币的比值是十比一，旧滇币和新滇币的比值也是十比一，都在流通。用法币计算，鸡蛋一角钱可买一百个，以法币为工资的人不愁没钱用。在抗战八年的艰苦的日子里，蒙自数月如激流中一段平静温柔的流水，想起来，总觉得这小城亲切又充满诗意。

当时生活虽较平静，人们未尝少忘战争。而且抗战必胜的信心是坚定的，那是全民族的信心。一九三八年七月七日，学校和当地民众在旧海关旷地举行抗战纪念集会。父亲出席作讲演，强调一年来抗战成绩令人满意，中国坚持持久战是有希望的，一城一地之失，不可悲观，中国必将取得最后胜利。又言战争固能破坏，同时也将取得文明之进步，并鼓励学术界提高效率。浦薛凤说这次讲演“语甚精当”。

在那时战火纷飞的年月，学生常有流动。有的人一腔热血，要上前线；有的人追求真理，奔赴延安。父亲对此的一贯态度还是一九三七年抗战前在清华时引用《左传》的那几句话：“不有居者，谁守社稷？不有行者，谁捍牧圉？”奔赴国难或在校读书都是神圣的职责，可无论做什么都要做好。

清华第十级在蒙自毕业，父亲为毕业同学题词：“天将降大任于斯人也，必先苦其心志，劳其筋骨，饿其体肤，空乏其身，行拂乱其所为，所以动心忍性，增益其所不能。第十级诸同学由北平而长沙衡山，由长沙衡山而昆明蒙自，屡经艰苦，其所不能，增益盖已多矣。书孟子语为其毕业纪念。”

一九八八年第十级毕业五十年，要出一纪念刊物。王瑶（第十级学生）教授来请父亲题词，父亲题诗云：“曾赏山茶八度花，犹欣南渡得还家。再题册子一回顾，五十年间浪淘沙！”

如今又是五年过去了，父亲也去世三年有余了。岁月流逝，滚滚不尽。哲人留下的足迹，让人长思。

小东城角的井

昆明是我的第二故乡。

抗战八年，居住昆明，十分思念北平，总觉得北平的一草一木都是好的。回到北京后，又十分思念昆明，思念昆明那蓝得无底的天，乡下路旁没有尽头的木香花篱，几百朵红花聚于一树的山茶，搅动着幽香的海的腊梅林，还有那萦绕在我少年时代的抑扬顿挫的昆明语调。

人就是这样，那远处的总是好一些。至于那逝去的，不可回复的，更是带有神秘色彩，一辈子都可以反复玩味——如果有时间的话。

一九三八至一九四六年，我家在昆明市内和近郊迁移过多次。曾有约一年时间，住在小东城角。一个小花园中有两幢小楼，我们和叔父景兰先生一家住在里面一幢，大门边的一幢由房东自己住。园中花木扶疏，颇为清雅，还有一口井。

刚搬去时，我们几个孩子总爱到井边去，俯在石栏上向下看。那是一面黯淡的镜子，照出我们的好奇的高兴的脸儿。那水很满，惹人想去摸一摸。但我们从未去搅动。只是看着。有时大喊一声，井里立刻有微弱的回声，好像井底住着什么精灵。我们便叫："出来出来！"当然什么也没有出来。

房东一家和我们不大来往，后来他们家来了一个梳两条细辫子的少女。据说是远房亲戚。她常到井边打水，对我们笑笑，不说话。在大门边遇见几次她问房东太太："咋个整？"不知问的是关于家务还是她自己的事。

"咋个整？"是我们最先学会的几句昆明话之一。我们也常常要问"咋个整？"，听人问这话很觉亲切。

在小东城角住时还有一个重要节目，就是到附近一个图书馆看书，星期日或假日常常去。

似乎是叫作绥靖路图书馆，房间不大，有许多旧小说，读者秩序极好。有一本《兰花梦》给我印象很深。至今能记得其中情节，一户显赫人家有两个女儿，次女出生时家人都盼是个男孩，不幸是女孩，便假充男儿教养。她冒充男人事事成功，状元得中，高官得做，但不忘自己是个女儿身，不愿在做女人方面有所欠缺，要求丫鬟为自己缠足。后来嫁了一个样样逊她一筹的同僚，被虐待至死。书中加了个尾巴，说她返回天上做仙女去了。

一次从图书馆回家，见房东家的那位少女倚在门口，望着路的一端。她对我笑笑，轻轻说了一句："咋个整？"不知是自问还是问我，我仰头看她，她却又转脸望着路的一端。

次日早饭后，母亲对我们说，不要到井边去玩。我说，井边有栏杆。母亲温和地加重语气说：“不要去了。听见么？！”

然而花园很小，我们站在门前，便见房东太太和几个人站在井边，指指点点说什么。

几天不见那少女，后来才知道，她投井死了。

大家都觉得很恐怖。又过了些日子，恐怖的感觉渐渐淡了。我悄悄地到井边看，只见花木依旧，井栏边布满青苔，一片碧绿。大着胆子俯身看井，水仍是很满。我不敢仔细辨认自己的脸，看了一眼便跑开。心想跳井似乎是很容易的。

有很长时间，我把那少女和《兰花梦》中的人连在一起，虽然她们的身份悬殊。

在记忆的深井里，往事已经模糊，小东城角究竟是否真有过这样一位少女，很难说。也许是因为习惯于想象，把幻象添了进去。

然而那一口井，是确实存在过的。

董师傅游湖

董师傅在一所大学里做木匠已经二十几年了，做起活儿来得心应手，若让那些教师们来说，已经超乎技而近乎道了。他在校园里各处修理门窗，无论是教学楼、办公楼、教师住宅或学生宿舍，都有他的业绩。在一座新造的仿古建筑上，还有他做的几扇雕花窗户，雕刻十分精致，那是他的杰作。

董师傅精通木匠活儿，也对校园里的山水草木很是熟悉。若是有人了解他的知识，可能聘他为业余园林鉴赏家，其实他自己也不了解。一年年花开花落，人去人来；教师住宅里老的一个个走了，学生宿舍里小的一拨拨来了。董师傅见得多了，也没有什么特别感慨的。家里妻儿都很平安，挣的钱足够用了，日子过得很平静。

校园里有一个不大的湖，绿柳垂岸，柳丝牵引着湖水，湖水清澈，游鱼可见。董师傅每晚收拾好木工工具，便来湖边大石上闲坐，点上一支烟，心静如水，十分自在。

不知为什么，学校里的人越来越多，校园渐向公园靠拢。每逢节日，湖上亭榭挂满彩灯，游人如织。一个五一节，董师傅有一天假。他傍晚便来到湖边，看远处楼后夕阳西下，天渐渐暗下来，周围建筑物上的彩灯突然一下子都亮起来，照得湖水通明。他最喜欢那座塔，一层层灯光勾勒出塔身的线条；他常看月亮从塔边树丛间升起。这时月亮却看不见。也许日子不对，也许灯太亮了。他并不多想，也不期望。他无所谓。

有人轻声叫他，是前日做活儿那家的女工，是他的大同乡，名唤小翠。她怯怯地说："奶奶说我可以出来走走，现在我走不回去了。"董师傅忙灭了烟，站起身说："我送你回去。"想一想，又说："你看过了吗？"小翠仍怯怯地说："什么也没看见，只顾看路了。"董师傅一笑，领着小翠在熙攘的人群中沿着湖边走，走到一座小桥上，指点说："从这里看塔的倒影最好。"通体发光的塔，在水里也发着光。小翠惊呼道："还有一条大鱼呢！"那是一条石鱼，随着水波荡漾，似乎在光辉中跳动。又走过一座亭子，那是一座亭桥，从亭中可以环顾四周美景。远岸丁香、连翘在灯光下更加似雪如金，近岸海棠正在盛期，粉嘟嘟的花朵挤满枝头，好不热闹。亭中有几副楹联，他们并不研究。董师傅又介绍了几个景点，转过山坡，走到那座仿古建筑前，特别介绍了自己的创作——雕花窗户。小翠一路赞叹不已，对雕花窗户没有评论。董师傅也不在意，只说："不用多久，你就惯了，就是这地方的熟人了。大家都是这样的。"他顿了一顿，又说："可惜的是，有些人整天对着这湖、这树，倒不觉得好看了。"

俩人走到校门口，董师傅在一个小摊上买了两根冰棍。俩人举着冰棍，慢慢走。一个卖花的女孩跑过来，向他们看了看，转身去找别人了。不多时，小翠说她认得路了。董师傅叮嘱小翠，冰棍的木棒不要随地扔，自己转身慢慢向住处走去。他很快乐。

变迁

二十世纪七十年代末，中关村出现了一家农贸市场，那是新事物。去看过吗？人们互相问。

我也去了。哎呀！只觉五光十色。各种各样的农产品，大葱雪白，青菜碧绿，黄瓜土豆西红柿，真是十分可爱。当时的欢喜，简直可以说是心花怒放！

不久，路边有了摊贩，又有了一些小杂货铺、小饭馆。人们从长久的束缚中解脱了，一点一点尝试着吸进新鲜空气。

转眼已是八十年代中叶。一个细雨蒙蒙的秋天下午，我和外子仲从颐和园出来，走过牌坊去乘公共汽车。“那里有一家西餐馆。”仲指着斜对面不远处。“我们去看看。”我说。那时的我，什么都要看看。

门口挂一个小牌——维兰西餐馆。院子很小，屋子也不大，只有三四张桌子。因时间还早，并没有客人。一位中年人迎出来，大概是店主了。“吃西餐吗？”他问。我们坐下来，那中年人自去厨房。

店内陈设简单，桌上倒是铺了台布。我的座位可以看见厨房，那中年人正带着一个助手在操作。菜做好了，中年人走出来，和我们攀谈。他姓郑，原在“法国府”任厨师，允许个体户开业后，出来开这家餐馆，已经两三年了。

“尼克松来参观过。”郑经理指指墙上的照片，那是尼克松第二次来华时的留影。

他的手艺很好。我和仲常记得那蒙蒙秋雨，那家小店和美味的汤。

当时，父亲已不大能出门，我托人到维兰买他喜欢的炸虾，告诉他今天有这个菜，他总是很高兴。他往往是知道要吃什么，比真的吃到还高兴。

九十年代初，又一次从颐和园出来，看见东宫门南边有一个大门，挂了很大的牌子，写着“维兰西餐馆”几个字。原来它迁到这里了，里面是两层楼，扩大多了。

一次和王蒙贤伉俪游香山后，在此处同进午餐。那天，谈得较多的是义山诗，王蒙对义山诗的见解，多出于平常心。我以为只有这样才能理解感悟。若一矫情，就拐了弯，不对路了。

又过了些时，维兰又不见了。一个住在附近的亲戚告诉我们，它迁回原址了。它确实迁回原址，不过气派已经大不一样。它和整个社会同步前进，已经不再是“乡镇企业”。从门脸到店内陈设，都有些洋了。唐稚松学长特邀我们一聚，选在维兰。饭间，稚松学长念了一首小令，我不大懂他的湖南口音，要他写在餐纸上，现在只记得结尾几句："无人赏，自家拍掌，唱得千山响。"我们都喜欢这首小令。

以后，没有人提起那西餐馆。一天，在报纸中夹了一份广告，通知维兰又搬迁了，迁到中关村一座楼内。这时的陈设已颇优雅，每张桌上有一个小花瓶，插了一朵康乃馨。郑经理坐在店角的一张椅上，已是老人了。

杨振宁先生的二弟振平，偕眷来京，来看望我。他是我的弟弟钟越中学时的挚友。他们常在昆明文林街上一起走。钟越瘦长，振平较矮。我还记得那景象。我们到维兰进餐，说起许多往事。他说一次在我家，他和钟越一起看一本笑话书，笑个不停。我问他们为什么笑，他们不肯说。自复员以后，他们从未见过面。

母亲没有看见中关村的农贸市场。后来农贸市场以早市的方式出现。畅春园附近有早市，后又迁到圆明园西侧。前几年偶尔去过，看着各种东西都很平常。想想二十世纪七十年代末的感觉，那时真是可怜。

早市之外有超市，超市里面的东西极多，又很方便。这应该都是母亲关心的喜欢的。母亲于一九七七年十月三日离开了我们。她完全没有赶上变迁。

以后，又一个亲戚说，她曾请人到维兰进餐，到了那座大楼却找不到。说是又搬迁了。

没有广告出现，我们几乎忘记了这家餐馆。一天，乘车经过万泉河路，同伴忽然说："维兰搬到这里了。"果然路边有一家店，几个顶端弧形的大窗连着。现在的门脸，不仅很大，而且极洋。

我又去了这家餐馆，桌椅陈设又升了一级。尼克松留影仍在壁上。墙上挂了大幅横标，他们正在举行二十六周年店庆，而且一定还会有所发展。遗憾的是，菠菜泥子汤已不如在那俭朴的小院，和着蒙蒙秋雨所尝了。

也许，这些年尝过的东西太多了。也许，一起品尝滋味的人没有了。也许，胃里虽然丰富了，头脑却还没有足够的自由驰骋的空间。我望着汤盘发愣。我不挑剔。

我有一张五人照片，上有父母小弟，还有仲和我。时光流逝，把他们都带走了。

只有我踽踽独行，在不断变迁的路上，向着生满野百合花的尽头。

第五部分

人生，领取而今现在

其实不必深杯酒满，不必小圃花开，
只在心中领取，便得逍遥。

秋韵

京华秋色，最先想到的总是香山红叶。曾记得满山如火如荼的壮观，在太阳下，那红色似乎在跳动，像火焰一样。二三友人，骑着小驴，笑语与嘚嘚蹄声相和，循着弯曲小道，在山里穿行。秋的丰富和幽静调和得匀匀的，向每个毛孔渗进来。后来驴没有了，路平坦得多了，可以痛快地一直走到半山。如果走的是双清这一边，一段山路后，上几个陡台阶，眼前会出现一大片金黄，那是几棵大树，现在想来，也是银杏吧。满树茂密的叶子都黄透了，从树梢披散到地，黄得那样滋润，好像把秋天的丰收集聚在那里了。让人觉得，这才是秋天的基调。

今年秋到香山，人也到香山。满路车辆与行人，如同电影散场，或要举行大规模代表会。只好改道万安山，去寻秋意。山麓有一片黄栌，不甚茂密。法海寺废墟前石阶两旁，有两片暗红，也很寥落。废墟上有顺治年间的残碑，镌有“不得砍伐、不得放牧”的字样。乱草丛中，断石横卧，枯树枝头，露出灰蓝的天和不甚明亮的太阳。这似乎很有秋天的萧索气象了。然而，这不是我要寻找的秋的韵致。

有人说，该到圆明园去，西洋楼西北的一片树林，这时大概正染着红、黄两种富丽的颜色。可对我来说，不断地寻秋是太奢侈了，不能支出这时间，且待来年吧。家人说，来年人更多，你骑车的本领更差，也还是无由寻到的。那就待来生吧，我说。大家一笑。

其实，我是注意今世的。清晨照例的散步，便是为了寻健康，没有什么浪漫色彩。这一天，秋已深了，披着斜风细雨，照例走到临湖轩下小湖旁，忽然觉得景色这般奇妙，似乎我从未到过这里。

小湖南面有一座小山，山与湖之间是一排高大的银杏树。几天不见，竟变成一座金黄屏障，遮住了山，映进了水。扇形叶子落了一地，铺满了绕湖的小径。似乎这金黄屏障向四周渗透，无限地扩大了。循路走去，湖东侧一片鲜红跳进眼帘。这样耀眼的红叶！不是黄栌，黄栌的红较暗；不是枫树，枫叶的红较深。这红叶着了雨，远看鲜亮极了，近看时，是对称的长形叶子，地下也有不少，成了薄薄一层红毡。在小片鲜红和高大的金屏障之间，还有深浅不同的绿，深浅不同的褐、棕等丰富的颜色，环抱着澄明的秋水。冷冷的几滴秋雨，更给整个景色添了几分朦胧，似乎除了眼前这一切，还有别的蕴藏。

这是我要寻的秋的韵致了么？秋天是有成绩的人生，绚烂多彩而肃穆庄严，似朦胧而实清明，充满了大彻大悟的味道。

秋去冬来之时，意外地收到一份讣告，是父亲的一位哲学友人故去了。讣告上除生卒年月外，只有一首遗诗，译出来是这等模样：

不要推却友爱

不要延迟欢乐

现在不悟

便永迷惑

在这里

一切都有了着落

我要寻找的秋韵，原来便在现在，在这里，在心头。

送春

说起燕园的野花，声势最为浩大的，要属二月兰了。它们本是很单薄的，脆弱的茎，几片叶子，顶上开着小朵小朵简单的花。可是开成一大片，就形成春光中重要的色调。阴历二月，它们已探头探脑地出现在地上，然后忽然一下子就成了一大片。一大片深紫浅紫的颜色，不知为什么总有点儿朦胧。房前屋后，路边沟沿，都让它们占据了，熏染了。看起来，好像比它们实际占的地盘还要大。微风过处，花面起伏，丰富的各种层次的紫色一闪一闪地滚动着，仿佛还要到别处去涂抹。

没有人种过这花，但它每年都大开而特开。童年在清华，屋旁小溪边，便是它们的世界。人们不在意有这些花，它们也不在意人们是否在意，只管尽情地开放。那多变化的紫色，贯穿了我所经历的几十个春天。只在昆明那几年让白色的木香花代替了。木香花以后的岁月，便定格在燕园，而燕园的明媚春光，是少不了二月兰的。

斯诺墓所在的小山后面，人迹罕到，便成了二月兰的天下。从路边到山坡，在树与树之间，挤满花朵。有一小块颜色很深，像需要些水化一化；有一小块颜色很浅，近乎白色。在深色中有浅色的花朵，形成一些小亮点儿；在浅色中又有深色的笔触，免得它太轻灵。深深浅浅连成一片。这条路我也是不常走的，但每到春天，总要多来几回，看看这些小友。

其实我家近处，便有大片二月兰。各芳邻门前都有特色，有人从荷兰带回郁金香，有人从近处花圃移来各色花草。这家因主人年老，儿孙远居海外，没有人侍弄园子，倒给了二月兰充分发展的机会。春来开得满园，像一大块花毡，衬着边上的绿松墙。花朵们往松墙的缝隙间直挤过去，稳重的松树也似在含笑望着它们。

这花开得好放肆！我心里说。我家屋后，一条弯弯的石径两侧，直到后窗下，每到春来，都是二月兰的领地。面积虽小，也在尽情抛洒春光。不想一次有人来收拾院子，给枯草烧了一把火，说也要给野花立规矩。次年春天便不见了二月兰，它受不了规矩。野草却依旧猛长。我简直想给二月兰写信，邀请它们重返家园。信是无处投递，乃特地从附近移了几棵，也尚未见功效。

许多人不知道二月兰为何许花，甚至语文教科书的插图也把它画成兰花模样。兰花素有花中君子之称，品高香幽。二月兰虽也有个兰字，可完全与兰花没有关系，也不想攀高枝，只悄悄从泥土中钻出来，如火如荼点缀了春光，又悄悄落尽。我曾建议一年轻画徒，画一画这野花，最好用水彩，用印象派手法。年轻人交来一幅画稿，在灰暗的背景中只有一枝伶仃的花，又依照“现代”眼光，在花旁画了一个破竹篮。

“这不是二月兰的典型姿态。”我心里评判着。二月兰是一大片一大片的，千军万马。身躯瘦弱，地位卑下，却高扬着活力，看了让人透不过气来。而且它们不只开得隆重茂盛，尽情尽性，还有持久的精神。这是今春才悟到的。

因为病，因为懒，常几日不出房门。整个春天各种花开花谢，来去匆匆，有的便不得见。却总见二月兰不动声色地开在那里，似乎随时在等候，问一句：“你好些吗？”

又是一次小病后，在园中行走。忽觉绿色满眼，已为遮蔽炎热做准备。走到二月兰的领地时，不见花朵，只剩下绿色直连到松墙。好像原有一大张绚烂的彩画，现在掀过去了，卷起来了，放在什么地方，以待来年。

我知道，春归去了。

在领地边徘徊了一会儿，忽然意识到二月兰的忠心和执着。从春如十三女儿学绣时，它便开花，直到雨僝风僽，春深春老。它迎春来，伴春在，送春去。古诗云“开到荼蘼花事了”，我始终不知荼蘼是个什么样儿，却亲见二月兰蓦然消失，是春归的一个指征。

迎春人人欢喜，有谁喜欢送春？忠心的、执着的二月兰没有推托这个任务。

报秋

似乎刚过完春节，什么都还来不及干呢，已是长夏天气，让人懒洋洋的像只猫。一家人夏衣尚未打点好，猛然却见玉簪花那雪白的圆鼓鼓的棒槌，从拥挤着的宽大的绿叶中探出头来。我先是一惊，随即怅然。这花一开，没几天便是立秋。以后便是处暑便是白露便是秋分便是寒露，过了霜降，便立冬了。真真的怎么得了！

一朵花苞钻出来，一个柄上的好几朵都跟上。花苞很有精神，越长越长，成为玉簪模样。开放都在晚间，一朵持续约一昼夜。六片清雅修长的花瓣围着花蕊，当中的一株顶着一点嫩黄，颤颤地望着自己雪白的小窝。

这花的生命力极强，随便种种，总会活的。不挑地方，不拣土壤，而且特别喜欢背阴处，把阳光让给别人，很是谦让。据说花瓣可以入药。还有人来讨那叶子，要捣烂了治脚气。我说它是生活上向下比，工作上向上比，算得一种玉簪花精神罢。

我喜欢花，却没有侍弄花的闲情。因有自知之明，不敢邀名花居留，只有时要点草花种种。有一种太阳花又名“死不了”，开时五彩缤纷，杂在草间很好看。种了几次，都不成功。“连‘死不了’都死了。”我们常这样自嘲。

玉簪花却不同，从不要人照料。只管自己蓬勃生长。往后院月洞门小径的两旁，随便移栽了几个嫩芽，次年便有绿叶白花，点缀着夏末秋初的景致。我的房门外有一小块地，原有两行花，现已形成一片，绿油油的，完全遮住了地面。在晨光熹微或暮色朦胧中，一柄柄白花擎起，隐约如绿波上的白帆，不知驶向何方。有些植物的繁茂枝叶中，会藏着一些小活物，吓人一跳。玉簪花下却总是干净的。可能因气味的缘故，不容虫豸近身。

花开有十几朵，满院便飘散着芳香。不是丁香的幽香，不是桂花的甜香，也不是荷花的那种清香。它的香比较强，似乎有点醒脑的作用。采几朵放在养石子的水盆中，房间里便也飘散着香气，让人减少几分懒洋洋，让人心里警惕着：秋来了。

秋是收获的季节，我却是两手空空。一年两年过去了，总是在不安和焦虑中。怪谁呢，很难回答。

久居异乡的兄长，业余喜好诗词。前天寄来自译的朱敦儒的那首《西江月》。原文是：

日日深杯酒满，朝朝小圃花开，自歌自舞自开怀，且喜无拘无碍。

青史几番春梦，黄泉多少奇才。不须计较与安排，领取而今现在。

若照他译的英文再译回来，最后一句是认命的意思。这意思有，但似不够完全。我把“领取而今现在”一句反复吟哦，觉得这是一种悠然自得的境界。其实不必深杯酒满，不必小圃花开，只在心中领取，便得逍遥。

领取自己那一份，也有品味把玩、获得的意思。那么，领取秋，领取冬，领取四季，领取生活罢。

那第一朵花出现已一周，凋谢了。可是别的一朵一朵在接上来。圆鼓鼓的花苞，盛开了的花朵，由一个个柄擎着，在绿波上漂浮。

二十四番花信

今年春来早，繁忙的花事也提早开始，较常年约早一个节气。没有乍暖还寒，没有春寒料峭。一天，在钟亭小山下散步，忽见，乾隆御碑旁边那树桃花已经盛开。我常说桃花冒着春寒开放很是勇敢，今年开得轻易不需要很大勇气，只是趁着背后光秃的土山，还可以显出它是报春的先行者。

迎春、连翘争先开花，黄灿灿的一片。我很长时期弄不清这两种植物的区别，常常张冠李戴，未免有些烦恼，也曾在别的文章里写过。最近终于弄清楚，迎春的枝条呈拱形，有角棱，连翘的枝条中空。原以为我家月洞门的黄花是迎春，其实是连翘，这有仲折来的中空的枝条为证。

报春少不了二月兰。今年二月兰又逢大年，各家园子里都是一大片紫色的地毯。它们有一种淡淡的香气，显然是野花的香气。去冬，往病房送过一株风信子，也是这样的气味。

榆叶梅跟着开了，附近的几株都是我们的朋友，哪一株大，哪一株小，哪一株颜色深，哪一株颜色浅，我们都再熟悉不过。园边一排树中，有一株很高大，花的颜色也深，原来不求甚解地以为它是榆叶梅中的一种。今年才知道，这是一棵朱砂碧桃。“天上碧桃和露种”，当然是名贵的，它若知我一直把它看作榆叶梅，可能会大大地不高兴。

紧接着便是那若有若无的幽香，提醒着丁香上场了。窗下的一株已伴我四十余年。以前伏案写作时只觉香气直透毫端，花墙边的一株是我手植，现在已高过花墙许多。几树丁香都不是往年那种微雨中淡淡的情调，而是尽情地开放，满树雪白的花，简直是光华夺目。我已不再持毫，缠绕我的是病痛和焦虑，幸有这光亮和香气，透过黑夜，沁进窗来，稍稍抚慰着我不安的梦。

我们为病所拘，只能就近寻春。以为看不到玉兰和海棠了。不想，旧地质楼前忽见一株海棠正在怒放，迎着我们的漫步。燕园本来有好几株大海棠，不知它们犯了何罪，“文革”中统统被砍去，现在这一株大概是后来补种的。海棠的花最当得起“花团锦簇”这几个字。东坡诗句“只恐夜深花睡去，故烧高烛照红妆”，照的就是海棠。海棠虽美，只是无香，古人认为这是一大憾事。若是无香要扣分，花的美貌也可以平均过来了。再想想，世事怎能都那么圆满。又一天，走到临湖轩，见那高松墙变成了短绿篱，门开着，便走进去，晴空中见一根光亮的蛛丝在袅动，忽然想起《牡丹亭》中那句“袅晴丝，吹来闲庭院，摇漾春如线”。这句子可怎么翻译，我多管闲事地发愁。上了台阶，本来是空空的庭院，现在觉得眼睛里很满，原来是两株高大的玉兰，不知何时种的。玉兰正在开花，虽已过了最盛期，仍是满树雪白。那白花和丁香不同，显得凝重得多。地下片片落花也各有姿态，我们看了树上的花，又把脚下的花看了片刻。

蔡元培像旁有一株树，叶子是红的，我们叫它红叶李，从临湖轩出来走到这里，忽见它也是满树的花。又过了两天，再去寻问，已经一朵花也看不见了。真令人诧异不止。

“我一生儿，爱好是天然。”花朵怎能老在枝头呢。万物消长是大自然的规律。柳絮开始乱扑人面。我和仲走在小路上，踏着春光，小心翼翼地，珍惜地。不知何时，那棵朱砂碧桃的满树繁花也已谢尽，枝条空空的，连地上也不见花瓣。别的花也会跟着退场的。有上场，有退场。

人，也是一样。

西湖漫笔

平生最喜欢游山逛水。这几年来，很改了不少闲情逸致，只在这山水上头，却还依旧。那五百里滇池粼粼的水波，那兴安岭上起伏不断的绿沉沉的林海，那开满了各色无名的花儿的广阔的呼伦贝尔草原，以及那举手可以接天的险峻的华山……曾给人多少有趣的思想，曾激发起多少变幻的感情。一到这些名山大川异地胜景，总会有一种奇怪的力量震荡着我，几乎忍不住要呼喊起来："这是我的伟大的、亲爱的祖国——"

然而在足迹所到的地方，也有经过很长久的时间，我才能理解、欣赏的。正像看达·芬奇的名画《蒙娜丽莎》，我曾看过多少遍，看不出她美在哪里；在看过多少遍之后，一次又拿来把玩，忽然发现那温柔的微笑，那嘴角的线条，那手的表情，是这样无以名状的美，只觉得眼泪直涌上来。山水，也是这样的，去上一次两次，可能不会了解它的性情，直到去过三次四次，才恍然有所悟。

我要说的地方，是多少人说过写过的杭州。六月间，我第四次去到西子湖畔，距第一次来，已经有九年了。这九年间，我竟没有说过西湖一句好话。发议论说，论秀媚，西湖比不上长湖，天真自然，楚楚有致；论宏伟，比不上太湖，烟霞万顷，气象万千。好在到过的名湖不多，不然，不知还有多少谬论。

奇怪得很，这次却有着迥乎不同的印象。六月，并不是好时候，没有花，没有雪，没有春光，也没有秋意。那几天，有的是满湖烟雨，山光水色，俱是一片迷蒙。西湖，仿佛在半醒半睡。空气中，弥漫着经了雨的栀子花的甜香。记起东坡诗句："水光潋滟晴方好，山色空蒙雨亦奇。"便想，东坡自是最了解西湖的人，实在应该仔细观赏、领略才是。

正像每次一样，匆匆地来，又匆匆地去。几天中我领略了两个字，一个是"绿"，只凭这一点，已使我流连忘返。雨中去访灵隐，一下车，只觉得绿意扑眼而来。道旁古木参天，苍翠欲滴，似乎飘着的雨丝儿也都是绿的，飞来峰上层层叠叠的树木，有的绿得发黑，深极了，浓极了；有的绿得发蓝，浅极了，亮极了。峰下蜿蜒的小径，布满青苔，直绿到了石头缝里。在冷泉亭上小坐，直觉得遍体生凉，心旷神怡。亭旁溪水琤琮，说是溪水，其实表达不出那奔流的气势，平稳处也是碧澄澄的，流得急了，水花飞溅，如飞珠滚玉一般，在这一片绿色的影中显得分外好看。

西湖胜景很多，各处有不同的好处，即便一个绿色，也各有不同。黄龙洞绿得幽，屏风山绿得野，九曲十八涧绿得闲……不能一一去说。漫步苏堤，两边都是湖水，远水如烟，近水着了微雨，泛起一层银灰的颜色。走着走着，忽见路旁的树十分古怪，一棵棵树身虽然离得较远，却给人一种莽莽苍苍的感觉，似乎是从树梢一直绿到了地下。走近看时，原来是树身上布满了绿茸茸的青苔，那样鲜嫩，那样可爱，使得绿荫荫的苏堤，更加绿了几分。有的青苔，形状也有趣，如耕牛，如牧人，如树木，如云霞；有的整片看来，布局宛若一幅青绿山水。这种绿苔，给我的印象是坚忍不拔，不知当初苏公对它们印象怎样。

在花港观鱼，看到了又一种绿。那是满池的新荷，圆圆的绿叶，或亭亭立于水上，或婉转靠在水面，只觉得一种蓬勃的生机，跳跃满池。绿色，本来是生命的颜色。我最爱看初春的杨柳嫩枝，那样鲜，那样亮，柳枝儿一摆，似乎蹬着脚告诉你，春天来了。荷叶，则要持重一些，到初夏则更成熟一些，但那透过活泼的绿色表现出来的茁壮的生命力，是一样的。再加上叶面上的水珠儿滴溜溜滚着，简直好像满池荷叶都要裙袂飞扬，翩然起舞了。

从花港乘船而回，雨已停了。远山青中带紫，如同凝住了一段云霞。波平如镜，船儿在水面上滑行，只有桨声欸乃，愈增加了一湖幽静。一会儿摇船的姑娘歇了桨，喝了杯茶，靠在船舷，只见她向水中一摸，顺手便带上一条欢蹦乱跳的大鲤鱼。她自己只微笑着一声不出，把鱼甩在船板上。同船的朋友看得入迷，连连说：这怎么可能！上岸时，又回头看那在浓重暮色中变得无边无际的白茫茫的湖水，惊叹道：真是个神奇的湖！

我们整个的国家，不是也可以说是神奇的吗？我这次来领略到的另一个字，就是“变”。和全国任何地方一样，隔些时候去，总会看到变化，变得快，变得好，变得神奇。都锦生织锦厂在我印象中，是一个狭窄的旧式的厂子。这次去，走进一个花木葱茏的大院子，我还以为找错了地方。技术上、管理上的改进和发展，就不用说了。我看到织就的西湖风景，当然羡慕其织工精细，但却想，怎么可能把祖国的锦绣河山织出来呢？不可能的。因为河山在变，在飞跃！最初到花港时，印象中只是个小巧曲折的园子，四周是一片荒芜。这次却见变得开展了，加了好几处绿草坪，种了许多叫不上名字来的花和树，顿觉天地广阔了许多，丰富了许多。那在新鲜的活水中游来游去的金鱼们，一定会知道得更清楚吧。据说，这一处观赏地原来只有二亩，现在已有二百一十亩。我和数字是没有什么缘分的，可是这次我却深深地记住了。这种修葺，是建设中极其次要的一部分，从它，可以看出更多的东西……

更何况西湖连性情也变得活泼热闹了。星期天，游人泛舟湖上，真是满湖的笑，满湖的歌！西湖的度量，原也是容得了活泼热闹的。两三人寻幽访韵固然好，许多人畅谈畅游也极佳。见公共汽车往来运载游人，忽又想起东坡在密州出猎时写的一首《江城子》：“老夫聊发少年狂，左牵黄，右擎苍。锦帽貂裘，千骑卷平冈。”想来他在杭州，当有更盛的情景吧？那时是“倾城随太守”，这时是每个人在公余之暇，来休息身心，享山水之乐。这热闹，不更千百倍地有意思吗？

希腊画家亚伯尔曾把自己的画放在街上，自己躲在画后，听取意见。有一个鞋匠说人物的鞋子画得不对，他马上改了。这鞋匠又批评别的部分，他忍不住从画后跑出来说，你还是只谈鞋子好了。因为对西湖的印象究竟只是浮光掠影，这篇小文，很可能是鞋匠的议论，然后心到神知，想西湖不会怪我唐突吧？

湖光塔影

从燕园离去的人，难免沾染些泉石烟霞的癖好。清晨在翠竹下读书，黄昏在杨柳岸边散步，习惯了，自然觉得燕园的朝朝暮暮，和那一木一石融在一起，难以分开。在诸般景色中，最容易萦绕于人们思念的，大概是那湖光塔影的画面了。但若真把这幅画面落在纸上，究竟该怎样着笔，我却想不出。

小时候，常在湖边行走。只觉得这湖水真绿，绿得和岸边丛生的草木差不多，简直分不出草和水、水和草来；又觉得这湖真大，比清华的荷花池大多了。要不然怎么一个叫池，一个叫湖呢。对面湖岸看来不远，但可要走一会儿，不像荷花池一跑便是一圈。湖中心有一个绿色的小岛，望去树木葱茏，山石叠翠。岛东有一条白色的石船，永恒地停在那里。虽然很近，我却从未到过岛上。只在岸边看着鱼儿向岛游去，水面上形成一行行整齐的波纹。“鱼儿排队！”我想。在梦中，我便也加入鱼儿的队伍，去探索小岛的秘密。

一晃过了几十年。这里经过了多少惊涛骇浪。我在经历了人世酸辛之余，也已踏遍燕园的每一个角落，领略了花晨月夕，四时风光。未名湖，湖光依旧。那塔，应该是未名塔了，但却从没有人这样叫它。它矗立在湖边，塔影俨然。它本是实用的水塔，建造时注意到为湖山生色，仿照了通州十三层宝塔的式样。关于通州塔，有许多优美的传说故事，而这未名塔最让人难忘的，只是它投在湖水上的影子。晴天时，岸上的塔直指青天，水中的塔深延湖底，湖水一片碧绿，塔影在湖光中，檐角的小兽清晰可辨。阴雨时，黯云压着岸上的塔，水中的塔也似乎伸展不开，雨珠儿在湖面上跳落，泛起一层水汽，塔影摇曳了，散开了，一会儿又聚在一起，给人一种迷惘的感觉。雾起时，湖、塔都笼罩着一层层轻纱。雪落时，远近都覆盖着从未剪裁过的白绒毡。

月夜在湖上别有一番情调。湖西岸有一座筑有钟亭的小山，山侧有树木、草地和一条小路。月光在这儿，多少有些局促。循小路转过山脚，眼前忽然一亮，只见月色照得一片通明，水面似乎比白天宽阔了许多，水波载着月光不知流向何方。但那些北岸树丛中的灯火，很快显示了湖岸的线条，透露了未名湖的秀雅风致。行近岸边，长长的柳丝摇曳着月色湖光。水的银光下是挺拔的塔影，天的银光下是挺拔的塔身。湖中心的小岛蓊蓊郁郁，显得既缥缈又实在。这地面上留住的月光和湖面上的不同：湖面上的闪烁如跃，如同乐曲中轻盈的拨弦；地面上的迷茫空灵，却似水墨画中不十分均匀的笔触。

循路东行到一座小石桥边，向右折去，是一潭与未名湖相通的水。水面不大，三面山坡，显得池水很深。山坡上树木茂密，水边石草杂置。月光从树中照进幽塘，水中反射出冷冷的光，真觉得此时应有一只白鹤从水上掠过，好为那“寒塘渡鹤影，冷月葬诗魂”的诗句做出图解。

又是清晨的散步。想是因为太早，湖畔阒寂无人，只有知了已开始一天的喧闹。我在小山与湖水之间徐行，忽然想起，这山上有埃德加·斯诺先生的遗骨，我此时并不是一个人在这里。斯诺墓已经成为未名湖畔的一个名胜了。简朴的墓碑上刻着“中国人民的美国朋友”的字样。这墓地据说原是花神庙的遗址。湖边上，正在墓的迎面，有一座红色的、砖石筑成的旧庙门，想那是原来的庙门了。我想，中国的花神会好好照看我们的朋友。而朋友这个名词所表现的深厚情谊正是我们和全世界人民关系的内涵。

站在红门下向湖中的岛眺望，那白石船仍静静地停泊在原处，树木只管各自绿着。但这几年，在那浓绿中，有一个半球状的铁网样的东西赫然摆在那里，仰面向着天空。那是一架射电天文望远镜，用来接收其他星体的电波。有的朋友认为它破坏了自然的景致，我却觉得它在湖光塔影之间，显示出人类智慧的光辉。儿时的梦在我的眼前浮起，我要探索的小岛的奥秘，早已由这架望远镜向宇宙公开了。

沉思了片刻，未名塔的背后已是一片朝霞。平日到这时分，湖边的人会渐渐多起来。有人跑步，有人读书，整个湖上充满了活泼的生意。这时却只有两个七八岁的学生在我旁边。他们不知从何时起，坐在岸石上，聚精会神地观察水里的鱼。我想起现在已经放暑假了，孩子才有时间清早在水边流连。

“看，鱼！鱼排队！”他们高兴地大叫大嚷，一面指着水面上整齐的一行行波纹，波纹正向小岛行去。

“骑鱼探险去吧？”我不由得笑问。

“你怎么知道？”他们冲我眨眼睛，又赶快去盯住大鱼。我不只知道这个，还知道这小岛早已不在话下，他们的梦，应该是探索宇宙的奥秘了。

我怕打扰他们，便走开了。信步来到大图书馆前。这图书馆真有北京大学的气派。四层楼顶周围镶嵌的绿琉璃瓦在朝阳的光辉里闪闪发亮，正门外有两大片草地，如同两潭清浅的池水。凸出的门廊阶下两长排美人蕉正在开放，美人蕉后是木槿树，雪青、洁白的花朵缀在枝头。馆门上高悬“北京大学图书馆”七个挺秀的大字。这里藏书三百二十万册，有两千左右座位，还是终日座无虚席。平时，每天清晨，总有许多人在门前等候。有几次，这些年轻人别出心裁，各自放下装得鼓鼓的书包，由书包排成了长长队伍。书包虽不像鱼儿会游泳，但却引导人们在知识的活水中得到营养，一步步攀登高峰。这些年轻人中的一部分已经奔向祖国的四面八方，用学得的知识从事建设了。今后，还会有更多的年轻人来这里学习，汲取知识的活水。

这时，我虽不在未名湖畔，却想出了幅湖光塔影图。湖光、塔影，怎样画都是美的，但不要忘记在湖边大石上画一个鼓鼓的半旧的帆布书包，书包下压着一纸我们伟大祖国的色彩绚丽的地图。

废墟的召唤

冬日的斜阳无力地照在这一片田野上。刚是下午，清华气象台上边的天空，已显出月牙儿的轮廓。顺着近年修的柏油路，左侧是干皱的田地，看上去十分坚硬，这里那里，点缀着断石残碑。右侧在夏天是一带荷塘，现在也只剩下冬日的凄冷。转过布满枯树的小山，那一大片废墟呈现在眼底时，我总有一种奇怪的感觉，好像历史忽然倒退到了古希腊罗马时代。而且乱石衰草中间，仿佛应该有着妲己、褒姒的窈窕身影，若隐若现，迷离扑朔，因为中国社会出奇的“稳定性”，几千年来的传统一直到那拉氏，还不中止。

这一带废墟是圆明园中长春园的一部分，从东到西，有圆形的台，长方形的观，已看不出形状的堂和小巧的方形的亭基。原来都是西式建筑，故俗称西洋楼。在莽苍苍的原野上。这一组建筑遗迹宛如一列正在覆没的船只，而那丛生的荒草，便是海藻；杂陈的乱石，便是这荒野的海洋中的一簇簇泡沫了。三十多年前，初来这里，曾想，下次来时，它该下沉了吧？它该让出地方，好建设新的一切。但是每次再来，它还是停泊在原野上。远瀛观的断石柱，在灰蓝色的天空下，依然寂寞地站着，显得四周那样空荡荡，那样无依无靠。大水法的拱形石门，依然卷着波涛。观水法的石屏上依然陈列着兵器甲胄，那雕镂还是那样清晰，那样有力。但石波不兴，雕兵永驻，这蒙受了奇耻大辱的废墟，只管悠闲地、若无其事地停泊着。

时间在这里，如石刻一般，停滞了，凝固了。建筑家说，建筑是凝固的音乐。建筑的遗迹，又是什么呢？凝固了的历史吗？看那海晏堂前（也许是堂侧）的石饰，像一个近似半圆形的容器，年轻时，曾和几个朋友坐在里面照相。现在石“碗”依旧，我当然懒得爬上去了，但是我却欣然。因为我的变化，无非是自然规律之功罢了，我毕竟没有凝固。

对着这一段凝固的历史，我只有怅然凝望。大水法与观水法之间的大片空地，原来是两座大喷泉，想那水姿之美，已到了标准境界，所以以“法”为名。西行可见一座高大的废墟，上大下小，像是只剩了一截的、倒置的金字塔。悄立“塔”下，觉得人是这样渺小，天地是这样广阔，历史是这样悠久。

路旁的大石龟仍然无表情地蹲伏着。本该竖立在它背上的石碑躺倒在土坡旁。它也许很想驮着这碑，尽自己的责任吧。风在路另侧的小树林中呼啸，忽高忽低，如泣如诉，仿佛从废墟上飘来了“留——留——”的声音。

我诧异地回转身去看了。暮色四合，方外观的石块白得分明，几座大石叠在一起，露出一个空隙，像要对我开口讲话。告诉我这里经历的烛天的巨火么？告诉我时间在这里该怎样衡量么？还是告诉我你的向往，你的期待？

风又从废墟上吹过，依然发出“留——留——”的声音。我忽然醒悟了。它是在召唤！召唤人们留下来，改造这凝固的历史。废墟，不愿永久停泊。

然而我没有为这努力过么？便在这大龟旁，我们几个人曾怎样热烈地争辩啊。那时的我们，是何等慨慷激昂，是何等满怀热忱！和人类比较起来，个人的一生是小得多的概念了，每个人自有理由做出不同的解释。我只想，楚国早已是湖北省，但楚辞的光辉，不是永远充塞于天地之间么？

空中一阵鸦噪，抬头只见寒鸦万点，驮着夕阳，掠过枯树林，转眼便消失在已呈粉红色的西天。在它们的翅膀底下，晚霞已到最艳丽的时刻，西山在朦胧中涂抹了一层娇红，轮廓渐渐清楚起来。那娇红中又透出一点蓝，显得十分凝重，正配得上空气中摸得着的寒意。

这景象也是我熟悉的，我不由得闭上眼睛。

“断碣残碑，都付与苍烟落照。”身旁的年轻人在自言自语。事隔三十余年，我又在和年轻人辩论了。我不怪他们，怎能怪他们呢！我嗫嚅着，很不理直气壮：“留下来吧！就因为是废墟，需要每一个你呵。”

“匹夫有责。”年轻人是敏锐的，他清楚地说出我嗫嚅着的话。“但是怎样尽每一个我的责任？怎样使环境更好地让每一个我尽责任？”他微笑，笑容介于冷和苦之间。

我忽然理直气壮起来："那怎样，不就是内容么？"

他不答，我也停了说话，且看那瞬息万变的落照。迤逦行来，已到水边。水已成冰，冰中透出枝枝荷梗，枯梗上漾着绮辉。远山凹处，红日正沉，只照得天边山顶一片通红。岸边几株枯树，恰为夕阳做了画框。框外娇红的西山，这时却全呈黛青色，鲜嫩润泽，一派雨后初晴的模样，似与这黄昏全不相干，但也有浅淡的光，照在框外的冰上，使人想起月色的清冷。

树旁乱草中窸窣有声，原来有人作画。他正在调色板上蘸着颜色，蘸了又擦，擦了又蘸，好像不知怎样才能把那奇异的色彩捕捉在纸上。

"他不是画家。"年轻人评论道，"他只是爱这景色——"

前面高耸的断桥便是整个圆明园唯一的遗桥了。远望如一个乱石堆，近看则桥的格局宛在。桥背很高，桥面只剩下了一小半，不过桥下水流如线，过水早不必登桥了。

"我也许可以想一想，想一想这废墟的召唤。"年轻人忽然微笑说，那笑容仍然介于冷和苦之间。

我们仍望着落照。通红的火球消失了，剩下的远山显出一层层深浅不同的紫色。浓处如酒，淡处如梦。那不浓不淡处使我想起春日的紫藤萝，这铺天的霞锦，需要多少个藤萝花瓣啊。

仿佛听说要修复圆明园了，我想，能不能留下一部分废墟呢？最好是远瀛观一带，或只是这座断桥，也可以的。

为了什么呢？为了凭吊这一段凝固的历史，为了记住废墟的召唤。

第六部分

读书，堆叠内心风景

走吧，走吧，一步步从容地走，
终究会到的。

乐书

多年以前，读过一首《四时读书乐》，现在只记得四句："读书之乐乐何如？绿满窗前草不除"，"读书之乐乐无穷，瑶琴一曲来熏风"。这是春夏的情景，也是读书的乐境。"绿满窗前草不除"一句，是形容生意盎然的自由自在的情趣。"瑶琴一曲来熏风"一句，是形容炎炎夏日中书会给人一个清凉世界。这种乐境只有在读书时才会有。

作者写书总是把他这个人最有价值的一面放进书里，他在写书的时候，对自己已经进行了过滤。经常读书，接触的都是别人的精华。读书本身就是一件聪明的事，也是一件快乐的事。陶渊明说："每有会意，便欣然忘食。"金圣叹读到《西厢记》"不瞅人待怎生"一句，感动得三日卧床不食不语。这都是读书的至高境界。不只是书本身的力量，也需要读者的会心。

我不是一个做学问的读书人，读书缺少严谨的计划，常是兴之所至。虽然不够正规，也算和书打了几十年交道。我想，读书有一个“分—合—分”的过程。

“分”就是要把各种书区分开来，也就是要有一个选择的过程。现在书出得极多，有人形容，写书的比读书的还多，简直成了灾。我看见那些装帧精美的书，总想着又有几棵树冤枉地献身了。开卷有益可以说是一句完全过时的话。千万不要让那些假冒伪劣的“精神产品”侵蚀。即便是列入必读书目的，也要经过自己慎重选择。有些书评简直就是一种误导，名实不符者极多，名实相悖者也有。当然可读的书更多。总的说来，有的书可精读，有的书可泛读，有的书浏览一下即可。美国教授老温德告诉我，他常用一种“对角线读书法”，即从一页的左上角一眼看到右下角。这种读书法对现在的横排本也很适用，不同的读法可以有不同的收获，最重要的是读好书，读那些经过时间圈点的书。

书经过区分，选好了，读时就要“合”。古人说“读书得间”，就是要在字里行间得到弦外之音，象外之旨，得到言语传达不尽的意思。朱熹说读书要“涵泳玩索，久之自有所见”，涵泳在水中潜行，也就是说必须入水，与水相合，才能了解水，得到滋养润泽。王国维谈读书三境界，第三种境界是“蓦然回首，那人却在灯火阑珊处”，这种豁然贯通，便是一种会心。在那一刻，读者必觉作者是他的代言人，想到他所不能想的，说了他所不会说不敢说的，三万六千个毛孔也都张开来，好不畅快。

古时有人自外回家，有了很大变化，人们议论，说他不是遇见了奇人，就是遇见了奇书。书对人的影响是非常大的。不过要使书真的为自己所用，就要从“合”中跳出来，再有一次“分”，把书中的理和自己掌握的理参照而行。虽然自己的理不断受书中的理影响，却总能用自己的理去衡量、判断、实践。用现在的话说就是活学活用，用文一点的话，就叫作“六经注我”。读书到这般地步不只有乐，而且有成矣。

其实，这些都是废话，每个人有自己的读书法，平常读书不一定都想得那么多，随意翻阅也是一种快乐。我从小喜欢看书，所以得了一双高度近视眼，小时候家里人形容我一看书就要吃东西，一吃东西就要看书，可见不是个正襟危坐的学者，最多沾染了些书呆气，或美其名曰书卷气。因为从小在书堆中长大，磕头碰脑都是书，有一阵子很为其困扰，曾写了《恨书》《卖书》等文，颇引关注。后来把这些朋友都安排到妥当或不甚妥当的去处，却又觉得很为想念，眼皮子底下少了这一箱那一柜或索性乱堆着的书，确实失去了很多。原来走到房屋的每一个角落，都可以接触到各种宏论，感受到各种情感，这里那里还不时会冒出一个个小故事。虽然足不出户，书把我的生活从时空上都拓展了。因为思念，曾想写一篇《忆书》，也只是想想而已。近几年来眼疾发展，几乎不能视物，和书也久违了。幸好科学发达，经治疗后，忽然又看见了世界，也看见经过整顿后书柜里的书。我拿起几部特别喜爱的线装书抚摸着，一部《东坡乐府》，一部《李义山诗集》，一部《世说新语》。还有一部《温飞卿诗集》，字特别大，我随手翻到“捣麝成尘香不灭，拗莲作寸丝难绝”，不觉一惊，现在哪里还有这样的真诚和执着呢。

寒暑交替，我们的忙总无变化，忙着做各种有意义和无意义的事。我和老伴现在最大的快乐就是每晚在一起读书，其实是他念给我听。朋友们称赞他的声音厚实有力，我通过这种声音得到书的内容，更觉得丰富。书房中有一副对联：“把酒时看剑，焚香夜读书。”我们也焚香，不过不是龙涎香，鸡舌香，而是最普通的蚊香，以免蚊虫骚扰。古人焚香或也有这个用处?

四时读书乐，另两时记不得了。乃另诌了两句，曰：“读书之乐何处寻？秋水文章不染尘”，“读书之乐乐融融，冰雪聪明一卷中”。聊充结尾。

告别阅读

二〇〇〇年，正逢阴历龙年。春节前，看到各种颜色鲜艳、印刷精美的贺卡，写着千禧龙年，街上挂着红灯，摆着花篮，真觉得辉煌无比。

龙年是我的本命年，还未进入龙年，便有人说，你要准备一条红腰带。我笑笑说，才不信那些呢。临近兔年除夕，我站在窗前，突然眼前一黑，左眼中仿佛遮上了一层黑纱帘，它是我依靠的那只眼睛，右眼早已不大能用。现在一切都变得朦胧，这是怎么了？我很奇怪。自从去年夏天，做过白内障手术后，我已经习惯了过明白日子，而且以为再不会糊涂，现在的情况显然是眼睛又出了问题。因为就要过节，只好等到春节后再去就医。

龙年的第一件大事便是去医院。诊断是我没有想到的：视网膜脱落。医生说只要做一个小手术，打气泡到眼睛里，即可复位。我便听医生的话住院，做手术。手术后真有两周令人兴奋的时光，眼前的纱帘没有了，一切和以前差不多，头脑似乎还更清楚些。

不料十几天后，气泡消尽，再加上我患喘息性支气管炎，咳嗽得山摇地动。二月二十七日，视网膜再次脱落。

我只有再次求医，医生还是说要打气泡。我想这次脱落的范围大了，气泡是否顶得住。经过劝说，还是做了打气泡的决定。

当时我认为咳嗽是大敌，特住进医院求保护，果然咳嗽是躲过了，但仍然没有躲过网脱。

三月二十日，气泡快消尽时，视网膜第三次脱落。气泡果然不能完成任务。我清楚地看见，视网膜挂在眼前，不再是黑纱，而像是布片。夜晚，我久不能寐，依稀看见窗下的月光。月光淡淡的，我很想去抚摸它，我怕自己再也不能感受光亮。查夜的护士问，为什么不睡？有什么不舒服？我只能说，我很不幸。

第三次手术，是把硅油打在眼睛里，是眼科的大手术。手术确定了，可是没有床位。一天天过去了，可以清楚地感觉到网脱的范围越来越大，后来，无论怎样睁大眼睛，眼前还是一片黑暗，无边无涯，没有人能帮助我解脱。忽然，我仿佛看见了我的父亲，他也睁大了他那视而不见的眼睛，手拈银须，面带微笑，安详地口授巨著。晚年的父亲是准盲人，可是他从未停止工作。以后父亲多次出现在黑暗中，像是在指点我，应该怎样面对灾祸。

终于熬到了住进医院，到了做手术的这天。上手术台前的诊断是，视网膜全脱。

在手术室里还和麻醉师有一番争论。麻醉师很年轻，很认真负责。她见我头晕，十分艰难地躺上手术台，便不肯用原定的麻醉计划，说：“你这是要眼睛不要命。要我用麻醉最好再签一回字。”经主刀医生解释，已经过各科会诊，麻醉师最后同意用局麻进行手术。她怕我出问题，给麻药很吝啬。于是我向关云长学习，进行了一次刮骨疗毒。麻醉师也是有道理的，疼是小事，命是大事。手术安排得不恰当，时间的延误，我都没有什么好抱怨的，我只怪一个人，那就是上帝。他老人家造人造得太不完美了，好好的器官，怎么要擅离职守掉下来，而且还顽固地不肯复位。头在颈上，手在臂上，脚在腿上，谁曾见它们掉下来过，怎么视网膜这样特别?

其实，我自己也知道这不过是几句气话。网脱是一种病，高度近视是起因。我再一次被病魔擒获。

手术顺利，离战胜病魔还很远。接下来的是长期俯卧位——趴着。人是站立的动物，怎么能趴着呢？为了眼睛也渐习惯了。据说手术成功与否和是否认真趴着很有关系。硅油的作用是帮着视网膜重新长好。三个月到半年后，再做一次手术将油取出。油取出后常有视网膜重落的病例。我真奇怪科学发达这样迅速，怎么对网脱的治疗没有完善的办法。用油或气顶住，气消失油取出后，重脱的可能性极大，也只能到时候再说了。希望我这是杞人忧天。

手术后，重又感觉到光亮。视力已经很可怜，但是能感觉光亮。光亮和黑暗是两个世界，就像阳间和阴间一样。我又回到了阳间，摆脱了黑暗，我很满足。回到家中，我在房间里走来走去，还可以指出窗帘该换，猫该洗了。丁香早已开过，草玉兰还剩几朵，我赶上了蔷薇花，有人家的蔷薇一直爬到楼上，几百朵同时开放，我看不清楚花朵，但能感受到那是一大幅鲜艳的画图。

但是我不再能阅读。

对于从小躲在被子里看小说的我来说，不能阅读真是残酷的事。文字给了我多么丰富，多么美妙的世界，小小的方块字，把社会和历史都摆在了面前。我曾长时期因患白内障不能阅读，但那时总怀有希望，总以为将来还是能看书的。午夜梦回，开出一长串书单，我要读丘吉尔的文章，感受他的文采，《维摩诘所说经》、苏曼殊文都想再读。白内障手术后，这些都未做到，但是希望并未灭绝。视网膜的叛变，扑灭了读书的希望，我不再能享受文字的世界，也不再能从随时随地磕头碰脑的书中汲取营养。我觉得自己好像孤零零地悬在空中，少了许多联系，变得迟钝了，干瘪了，奇怪的是我没有一点烦躁。既然我在健康上是这样贫穷，就只能安心地过一种清贫的生活。我的箪食瓢饮就是报刊上的大字标题，或书籍封面上的名字，我只有谨慎地保护维持目前的视力，不要变成盲人。

我的父亲晚年成为准盲人，但思想仍是那样丰富，因为他有储存，可以“反刍”。这一点我是做不到的。听人读书也是一乐，但和阅读毕竟是不一样的。幸好我还有一位真正可听的朋友，那就是音乐。

文学和音乐，伴随着我的一生。可以说，文学是已完嫁娶的终身伴侣，音乐是永不变心的情人（如果世界上有这种东西的话）。文学是土地，是粮食；音乐是泉水，是盐。文学的土地是我耕耘的，它是这样无比宽广，容纳万物。音乐的泉水流动着，洗涤着听者的灵魂，帮助我耕耘。

我又站在窗前，想起父亲在不能读写时，写出的那部大书，模糊中似乎看见老人坐在轮椅上，指一指院中的几朵蔷薇，粉红色的花瓣有些透亮。忽然间，“桃色的云”出现在花架边，他是盲诗人爱罗先珂笔下的精灵——春的侍者。我揉揉眼睛，“桃色的云”，那翩翩美少年，手持蔷薇花，正含笑站在那里。

我不能读书，可是我可以写书。也许，我不读别人的书，更能写好自己的书。

我用大话安慰自己，平心静气地告别阅读。

耳读《苏东坡传》

平生最爱东坡文字。十来岁时，在昆明乡下，初读前后《赤壁赋》，那是父亲要求我们背的。文中情景“白露横江，水光接天。纵一苇之所如，凌万顷之茫然”，使人如置身其中；议论虽不太懂，却也易读易背，好文章总是容易记得。后来又迷上了东坡诗词，也深慕东坡为人。一首《江城子》，“十年生死两茫茫，不思量，自难忘”，我玩味了几十年，到现在才真的体会了那分量。苏东坡除留给我们宝贵的文学遗产外，还留下了造福百姓的各种工程，我觉得他真是了不起。其实我的了解很不全面，今年初始，读了林语堂著《苏东坡传》，才了解到他伟大人格的精髓。

写古人的传记，很难。我们没有见过传主，不认识他，只能凭借文字材料，这就要用得准确。最怕的是，望文生义，断章取义，连编带造，幻想丰富，写出来的是传记作者想象的人物，和传主相距何止十万八千里。这本《苏东坡传》也是凭材料写的，但它把握了材料的真意（好在那时还不需要现在这样深奥的“辨伪学”），一幅幅历史画面都是真实可信的。一部好的传记需要驾驭材料的本领，从中也可以看出作者的见识，甚至显示出他自己的人格。

林语堂的名字也是大家熟悉的。惭愧得很，我以前以为，他只是写点儿中国文化给西方人看，小说也不见得是上乘。可是这本《苏东坡传》，给了我们一个真实的苏东坡。不只是他坎坷的遭遇，也写出了他的精神，他的性格。没有对中国文化的深刻理解，是写不出的。读完这本书，我对书的作者深生敬意。

苏东坡关心人，关心民间疾苦，这是他一生的底色。书中举出他的三件事情，说它们是人道主义的表现。他被贬谪黄州时，对当地百姓因贫穷而杀死婴儿的情况深为惊骇，写信给太守，呼吁制止杀婴。他在信中叙述了杀婴的情况，并做出建议：“公更使令佐各以至意，诱谕地主豪户。若实贫甚不能举子者，薄有以䌷之。人非木石，亦必乐从。但得出生数日不杀，后虽劝之使杀，亦不肯也。自今以往，缘公而得活者，岂可胜记哉！”

元祐七年，南方连日大雨，洪水成灾，百姓无衣食，在雨中奔走。而因为青苗法的关系，他们还背负了很重的债务，债主是朝廷。东坡亲眼看到这种情景，夜不能寐，接连七次上表太皇太后，请求宽免贫民的债务。这七次表章可以看作一个文件。

他被贬海南，遇赦回到北方时，知道章惇获罪流放，他给章惇之子的复信如下：

某与丞相定交四十余年，虽中间出处稍异，交情固无所增损也。闻其高年寄迹海隅，此怀可知。但已往者更说何益？惟论其未然者而已。主上至仁至信，草木豚鱼所知。建中靖国之意可恃以安。所云穆卜反复究绎，必是误听。纷纷见及已多矣，得安此行为幸。见今病状，死生未可必。自半月来食米不半合，见食却饱。今且连归毗陵，聊自憩我里。庶几少休，不即死。书至此，困惫放笔，太息而已。

一一〇一年六月十四日

要知道章惇迫害元祐党人最厉害，把苏东坡一直放逐到海角天涯的琼州。旅途中，多次刁难，不准坐船，经过恳请才能坐一段，还要限定时间。到达目的地，又不准住官舍，东坡不得不结茅而居。连最初允许东坡暂住官舍的太守也被革职。现在，章惇获罪，也被放逐。东坡对他的态度是何等的宽容，充满了同情关心。“闻其高年寄迹海隅，此怀可知……得安此行为幸”，关切之情，跃然纸上。

林公说，这三个文件是人道精神的三个文献。东坡的人道精神还有多方面表现。诸如修水利，建医院，舍药方，赈灾等。几乎贯穿了他为官和被贬的全部生活。

书中还着重指出了东坡的民主精神。在他给门人张耒的一封信里，他说：“文字之衰，未有如今日者也，其源实出于王氏，王氏之文，未必不善也，而患在好使人同己。自孔子不能使人同颜渊之仁，子路之勇，不能以相移。而王氏欲以其学同天下。地之美者同于生物，不同于所生。惟荒瘠斥卤之地，弥望皆黄草白苇。此则王氏之同也。”又在给太皇太后的上书中说：“人虽能言，上下隔绝，不能自诉，无异于马。”他主张每个人都应该能表达自己的意见，如果说出来，有关方面听不到，人不如马。如果根本没有说话的权利，岂非更不如马？

他和司马光的意见不同，但都不要求别人“从己”。自由发表意见，不算民主；自己能自由发表意见，又能尊重别人发表意见的权利，才是民主。有一位年轻人问我：“西南联大的时期，三校合作无间。那些人都是学富五车、才高八斗的人物，怎么能彼此合作？”我高中毕业那年，正值复员，西南联大解散。我只是联大附中的学生，但因父兄辈在世者渐少，便也常被问及当时情况。我想，先生们大多对中西方文化都有了解，有很高的素养，知道民主的真谛在不只发展自己，也要尊重别人。也就是现在常说的不仅要做到少数服从多数，还要做到多数承认少数的存在。如果多数要消灭少数，就算不得民主。这种精神千年前的东坡已经具有，是何等的可钦敬。

东坡的乐观态度给后人精神的净化和鼓舞，在这本书中也得到很好的表现。无论是在黄州的穷乡僻壤或是在惠州瘴疠之地，甚至在大海的那一边的琼州，居无屋，食无米，却还兴致勃勃地和人谈神说鬼。在惠州，曾建议修建公共水利；在琼州，自己造墨，几乎把房子烧了。

东坡在黄州住了四年，还被调来调去，被任命为登州（今蓬莱）太守，只做了五天，就应召进京。这样短的时间里，他还向朝廷建议更改盐税。可惜出自何处，现在我记不得，也无力查，此传未提此事。这在东坡的诸多功绩中，也许不足道，但这也是一件为百姓造福的事，所以当地居民一直怀念他，编出了九朵莲花的传说。说是八仙过海的时候，来了九朵莲花，其中一朵是为东坡准备的，可是他没有去。看来，大家都觉得东坡是应该飘飘然坐在莲花上的。

从书中记述看到，东坡有多位女性知己。他得到几位皇后的关注，尤其是英宗的皇后，也是神宗的皇太后，又是哲宗的太皇太后高氏，极欣赏东坡的才华。东坡的政绩大多得到她的支持。东坡的原配和继配，两位王夫人都很贤德，侍妾朝云，虽然没有得到夫人的名分，在东坡生活中却有极重要的地位。以前以为她是杭州名妓。此传中说，她是苏夫人在杭州买的小丫鬟，进府时只有十二岁。曾见东坡一篇文字，说朝云入府时并不识字，大概是丫鬟较确切。不管她的出身如何，朝云极美且有慧根，是无疑的。秦观说朝云“美如春园，目似晨曦”。《红楼梦》第二回，贾雨村论到异气凝聚，从而产生一些不平凡的人物，也提到朝云，把她和薛涛、崔莺莺、卓文君并论。朝云随侍东坡，远涉蛮荒，身染疟疾而亡，惠州现有朝云墓，上有一亭，名为六如亭。我曾想为朝云写一小说，题目就叫作《六如亭》，也曾想写一篇《五日太守》，讲登州事。像我的许多胡思乱想一样，只在脑中驰骋，永远不得出世。

林公写到东坡停止呼吸，便停了笔，没有写他葬在何处。我偶然得知，东坡和子由葬在河南郏县，今属平顶山市。不知什么缘分，他们长眠在那里。我很想去瞻仰，不过看来是无望了。现在只能在室中行走，以几步路当作万里之行。

环顾陋室，斑驳如抽象画的北墙，悬有东坡手书（拓片）“海山葱昽气佳哉”那首诗；尚称平展的南墙挂着高尔泰兄书写的《卜算子》“缺月挂疏桐，漏断人初静。……”词是我点的；案上摊着《黄州寒食帖》：“自我来黄州，已过三寒食。……空庖煮寒菜，破灶烧湿苇。……君门深九重，坟墓在万里。也拟哭途穷，死灰吹不起。”；手里再拿着这样好的《苏东坡传》，我还有什么不知足呢。

本书原著是英文，林公的英文当然是十分漂亮的，可惜我不能读了，这是永远的遗憾。

耳读《朱自清日记》

前两年写过一篇文章《乐书》，即读书之乐。其实我现在是读不了书的，只能听书，是曰耳读。耳读感受不到字形的美，偶然用放大镜看到几句文章真觉舒畅极了，只是这机会越来越少。因为同音字多，听力也不是很好，便要常常追问到底是什么字，费时费力，也只能大体知道个意思。但我幸亏还有这点听的本事，能有耳读之乐。

那大概已是前年的事了，仲为我读《朱自清日记》，从头到尾。日记从一九二四年七月二十八日开始，到一九四八年八月二日为止。记叙简略，一般是记下了书信、人际往来，自己做了什么事，读了什么书，间或也有感想。文字极平淡，读后掩卷之余，我们似乎觉得朱先生就在面前。

这是一本真正的日记——照日记本来的意思，都是为自己看的，不必给别人看。现在有些日记，在写时尤其在整理时都是想到有个读者在，若以为日记所记都是真实的，就未免太老实了（我本想说那就是大傻瓜）。《朱自清日记》是真正的日记。朱先生怕别人看，有一部分用英文和日文杂写，他绝没有想要通过日记来炫耀什么，或掩饰什么。而我们就从这些文字中看到了一个真正的人和一段真正的历史。

我曾有过这样的问题：朱先生这样怕别人看他的日记，事先还做了防备，现在出版他的日记是否违反本人的意愿。但我又想，能够提供一段珍贵的史料，朱先生可能是会同意的。

我们在日记中看到的是一个平凡的普通人。他常常借钱借米，他自谦得有时甚至有些自卑，总觉得自己的学术地位不如人。但是他勤奋、宽容，常常为别人着想。最使我感动的是闻一多先生殉难后，朱先生在成都讲演募捐，做了很多工作。那是需要勇气的，有些人避之唯恐不及。他本不是一个热心斗争的人，但是出于最普通的同情心，他要做他所能做的事情。一直在他胃病很严重的时候，他仍勉力编撰《闻一多全集》。闻朱之交可能不像有些人以为的那样深，但是却达到了一种高致。我并不否认朱先生的觉悟、认识、热情，但总以为他的本性不是英雄人物。正是他作为一个平常人的朴素的感情，使得他的人格发出光辉。这种光辉也许不是很强烈，却能沁透人心。

日记多次记述了和冯友兰先生的交往，一九三三年二月十一日记载："晚赴王了一宴……多一时俊彦。芝生述张荫麟所举柏拉图派主仆故事，谓共相不足恃，渠亦将举学童解'吾日三省吾身'之'吾'字故事以证共相之作用。又述辜鸿铭论'改良'及'法律'二词及陈独秀与梁漱溟照相事。又绍虞误认杨今甫为白崇禧事。皆隽永可喜。归金宅，转述芝生笑谈，殊无反应。殆环境既异，才能亦差也。"又一则日记，一九三五年二月二十八日："对霍士休进行考试的口试委员会今天下午开会。进展颇顺利。冯友兰先生指出唐代以后大量传奇故事的渊源。唐代的传奇故事是霍的研究题目，而这正是他论文中的大弱点，但我们却没有发现。"

日记还记下了在某家遇好饭食，一口气吃了七个馒头。也曾告诫别人冯家的炸酱面虽好，切不可多吃，不然胀得难受。读来觉得朱先生真可爱。他的胃病持续了很多年。抗战中没有好的医疗条件，复员以后，似乎也没有认真地医治，也没有认真地休息。从最后几天日记中可以看到，他仍在读书写作，料理公事。日记忽然中断了。他再也不能写了。十天以后，他离去了。记得他去世前数日，父母到医院看望，也带着我。我站在母亲身后，朱先生低声问了一句："你还写诗吗？"我嗫嚅着，不敢大声说话。他躺在那里，比平时更加瘦小，脸色几乎透明。那时我对死亡没有什么概念，只觉得父母亲的脸色都很严肃。五十余年过去了，我还记得那个院子和病榻上朱先生几乎透明的脸色。

一九四八年我到清华上学，那时常写一点小诗，都是偶感之类，不合潮流。一次曾随几个同学到朱先生家，同学们拿出自己的诗作请朱先生看，我也拿出一首凑热闹。朱先生认真看了，还说了几句话，可惜不记得说的什么了。

我上中学时，课本里有朱先生的文章，几十年以后的中学课本里还是有朱先生的文章。大家都记得《背影》《匆匆》，而且都会背，"燕子去了，有再来的时候；杨柳枯了，有再青的时候；桃花谢了，有再开的时候。但是，聪明的，你告诉我，我们的日子为什么一去不复返呢？”真的，我们的日子为什么一去不复返呢？这是我和我的同龄人常常发出的慨叹。一天，一位老友打电话，说他极想再读一读《匆匆》这篇文章，想着我这里总会有的，能否查一查。那时我查书比较方便，只需要和我的图书馆长仲说一声。文章找到了，我先在电话里念给老友听，念完了，我们都沉默了半晌。

时光如河水般地流去了，在荷塘月色中漫步的朱先生已化成一座塑像伫立在荷塘月色之中。老实说，现在经过修整的这座荷塘远不如旧时，那时颇有些荒凉的荷塘要自然得多，美得多。不过，朱先生的文字中凝聚着的美，那是朱先生的精魂，是不会改变的。

这部日记是朱先生之子乔森在化疗期间骑自行车送来的。读完全书，他已又住进医院。我说我要写一点感想，真写下来时，乔森已然作古。这一道门槛，是每个人都要跨越的。

朱先生并不需要我来为他添加什么，现在也不是某种纪念日，只是读过他的书和日记，我在心底升起一种情感，便写出来。

时间继续流逝，“去的尽管去了，来的尽管来着；去来的中间，又怎样地匆匆呢？”在这去来之间，在时间的匆匆里，有了多少变化，不能预防，不可改变。人，只有忍受。

聪明的，你告诉我，日子为什么一去不复返呢？

感谢高鹗

初读《红楼梦》是在清华园乙所。应是在我九岁以前，因为九岁时抗战爆发，我们离开了清华园。以后在昆明，在那木香花的芬芳中又多次阅读，但都是断断续续。大概是在上大学时，读了增评补图《红楼梦》，有大某山民[①]和护花主人[②]等点评，那是最初的完整的阅读。五十年代，我读到人民文学出版社出版的由何其芳作序的《红楼梦》，这是一次完整的阅读，似乎比较懂了，不过还是在“楼外”行

① 大某山民：姚燮，字梅伯，一字复庄，号“大某山民”，著有《读红楼梦纲领》。

② 护花主人：王希廉，字雪香，号护花主人。王雪香的评论计有《护花主人批序》《红楼梦总评》《红楼梦分评》。王雪香对《红楼梦》总的观点见于《红楼梦总评中》，总评共十二条。

走，不是“痴”也没有“魇”，我甚至没有读过脂批[①]，也弄不清程甲本、程乙本及各种手抄本的复杂性。读小说还是要读小说本身，研究小说是另外一回事，叫作做学问。我对所有的研究者都怀有敬意，他们对《红楼梦》感情深厚，各有贡献。各种研究作为《红楼梦》的辅助读物也很有趣，它们互相启发参照，可以使读得的天地更广阔。我只是一个普通读者，有些读后感，便想说出来。

要说的主要是续书问题。近百年来，《红楼梦》后四十回一直是批判对象，说狗尾续貂是很客气的，甚至有人说它把一部伟大的作品毁坏了。全世界都在读这一百二十回《红楼梦》，亿万人为它哭坏了眼睛，高鹗却总在被批判，被否定，被讥讽嘲笑。这个现象很奇怪。续书究竟是好是坏，功过如何，值得探讨。

先说续书的功。首先在于它给了我们一个完整的故事。设想一部《红楼梦》到八十回就没有了，是何等光景？难道会有现在这样的影响吗？我想是不会的。只因有了后四十回，《红楼梦》才成为一部伟大的小说；有了一百二十回，才有了《红楼梦》研究的大平台。我们说全部《红楼梦》的故事是完整的，因为它是忠实地沿着宝黛悲剧的线索发展开来的。《红梦楼》曲中《终身误》《枉凝眉》两曲，已把钗黛和宝

① 脂批：又称脂评，是目前学者公认中国传统小说《红楼梦》最早的评点。而有别于日后由高鹗与程伟元刊印的程甲本、程乙本，有脂批的《红楼梦》版本，多为传抄的手录本，且前八十回的内容与日后刊印的版本多有不同。因此这类版本又被称为脂本。

玉的关系交代得十分清楚。“一个是阆苑仙葩，一个是美玉无瑕。”宝黛是木石姻缘，终成虚话。“空对着，山中高士晶莹雪；终不忘，世外仙姝寂寞林。”宝玉娶了宝钗而不能忘情黛玉，所以宝钗是误了自己终身。木石姻缘与金玉姻缘相对。书中从开始写木石感情节节发展，从来就在金玉威胁之下。“梦兆绛芸轩”一回写宝玉在梦中大喊不要金玉姻缘，只要木石姻缘时，宝钗就坐在床边。宝玉要回归木石本色，却逃不出金玉枷锁。续书给了宝钗坐在宝玉床边的地位，没有弄出四角、五角的多边关系，是十分忠实于雪芹的设计的。紧扣住这一根本设计从不偏离，是续书的最大成功处。应该说这就是雪芹要说的故事。

其次，它给我们的也不只是一个故事梗概，而是有高度艺术感染力的文字。宝玉说：“我有一个心早已交给林妹妹了，她来时带了来，好歹装在我的肚子里。”照园中大众看，这是痴话，痴话表现的正是海枯石烂的一种至情。王国维在《红楼梦评论》中引了一段文字，是九十六回宝玉与黛玉最后相见那一节，并评论说“如此之文，此书中随处有之。其动吾人之感情何如，凡稍有审美的嗜好者，无人不经验之也”。九十六回到九十八回，关于黛玉死的描写，都是十分动人的文字。“竹梢风动，月影移墙，好不凄凉冷淡。”这样的描写，我在七八岁时读到，现在已过了七十年，它还是那么新鲜。俞平伯老先生竟说描写黛玉死的一段文字“一味肉麻而已”，林语堂则说俞老先生是“恶人之所好，好人之所恶”。照我看，俞老先生有这样一句话，也就很难让人相信他的俗、浊等等批评了。

黛玉死，二宝成婚，实为全书高潮。紫鹃试宝玉一段，宝玉的痴情已显露无遗，怎能让他接受他人？宝玉病到半昏迷状态，在这种状态中还是念念不忘黛玉，就只有移花接木一法了，这样的写法实在是不得已。不知作者怎样呕心沥血，才成就了这文学上的千古大悲剧。

宝玉的结局，也是让人永不能忘的。白雪中一个穿大红袈裟的僧人，似悲似喜并不言语，然后飘然作歌而去。我想这比做乞丐、采药、卖字都要来得干净。多有人批评宝玉出家前拜别父母是败笔，我却以为这是最近人情处。宝玉虽是封建礼教的逆子，却不是野人。他是大情种，这情不应限于男女之情，亲情也是重要的。拜别父母的描写是合理的，中举人也无不可，算是给父母的一个交代。他这交代是按照父母的标准，而不是按照他自己的标准。只是遗有一子不妥，“终身误”中已言“空对”，宝钗应该只是宝玉名分上的妻子，而且宝玉本是一块石头，何必有子。

书中次要人物的性格发展大都符合前文。最好的是对紫鹃的描写。她没有册子可循，写来不只符合人物性格，而且更突出了这个人物。紫鹃坚守在黛玉临终的病榻旁，不肯趋炎附势，令人于悲痛中感到一点安慰，很好地表现了紫鹃这样一个平凡丫头的可敬人格。儿时所读《红楼梦》版本，附有护花主人评，依稀记得有这样的评语：“紫鹃于黛玉，在臣为羁旅，在子为螟蛉，而不渝其忠，其忠则更可贵。”近来海选《红楼梦》演员，谈话间不免戏言谁该演谁。一位音乐学院研究生郑重地说，我要演就演紫鹃。写紫鹃所以写黛玉，黛玉若是一味地尖酸刻薄，耍小性儿，哪里会有这样的侍女。《水浒》中林冲娘子坚贞不屈，金圣叹批曰：“写娘子所以写林冲。”娘子被逼死，益增林冲悲剧之惨烈深刻。

妙玉的命运完全照册子安排，甚至有些呆板。她的断语明书“可怜金玉质，终陷淖泥中”；《红楼梦》曲子《世难容》中又明说她是“到头来，依旧是风尘肮脏违心愿”。妙玉是书中最矫情的人物。续书照着雪芹指出的方向走，却没有写出这矫情人物的丰富性。

第三，续书也反映了当时的社会。如：庄头送东西来，路上车子被官府截去，经人说情才发还，和乌进孝送年货遥遥呼应。若是现代人来编写，肯定写不出这样的情节文字。这些是续书的成功之处。

我曾设想，后四十回也是雪芹所作。后四十回的才气功力等等不及前八十回，也许是因为那时雪芹的精神才气都已用尽。写东西后面不如前面是常见的，何况这样大的长篇。有人指出，林黛玉吃五香大头菜加些麻油醋，简直不像黛玉的生活。我想那时雪芹举家食粥，吃多了咸菜，也可能写进书里。作者的生活很可能影响书中的人物。可是很快我就推翻了这种想法，后四十回为他人所续是显然的，可指出的例证很多。最大的问题是有些人物的结局不符合原意，而那结局在判词中已交代明白。如探春的判词中已说明她如断线的风筝，“千里东风一梦遥”，不会再回故土，续书中却写了回家的一段，还说她出挑得更好了。对她的远嫁描写很简单，也没有回应“日边红杏倚云栽”的签文。年未及笄，即能管理偌大家事的探春、给了王善宝家的一记响脆的巴掌的探春，结局似太草率，应有一段花团锦簇的文字才好。又如香菱的判词中写明“无端两地生枯木，致使芳魂返故乡”，比较清楚地说明了香菱受夏金桂虐待致死。香菱是全书第一个出现的薄命司中人，她原名英莲，照谐音讲该是“应怜”，她又姓甄，更是真应怜了。也就是说薄命司中的人都是那么可怜。而香菱的容貌又有些像“东府里小蓉奶奶”（秦可卿，警幻之妹）。所以香菱的命应该是薄而又薄，才有代表性，写她被扶正生子不合原意。这都是老生常谈了。这样明显地违反判词，可以证明后四十回为他人所作。从文字上讲，有些篇章固然很好，但是败笔也不少。最大的败笔是宝玉重游太虚幻境，第一次游让人感到扑朔迷离，有仙气。重游的一段就似乎有妖气了。宝玉看得清楚，记得清楚，知道各姐妹的命运，岂不像练了气功，有了特异功能，能看见人的五脏六腑一样，多么别扭。又如有几句形容黛玉过生日时的打扮，全是套话。前八十回对人物的描写或浓或淡或粗或细，绝少用套话。“丹凤眼，柳叶眉”本来是极一般的形容，但“一双丹凤三角眼，两弯柳叶吊梢眉”就活灵活现地画出一位厉害人物。若要挑毛病，还有许多。也有人揣测高鹗得到雪芹残稿，编辑补缀成书。这也是一种说法。我们可以把精彩片断交还雪芹，平庸文字派给高鹗。不过，补缀整理也是一个大功夫。

其实，前八十回也有不合理处，指出的人很多。近见对小红的谈论，说她在后四十回没有得到发展塑造，成了一个毫不出色的普通丫头。在前八十回，小红出身的安排就不够妥当。小红是大管家林之孝的女儿，在贾府中应属于“干部子弟”。书中写她被秋纹等欺压，不大合理。她可以不必是林之孝的女儿，安排她是个家生女儿即可，更符合现在书中表现出来的她的地位、性格。又如贾赦索娶鸳鸯，贾母迁怒于王夫人。书上写迎春老实、惜春小，提醒贾母“小婶怎知大伯的事”，照迎、惜的性格不见得会出头管事。电视剧改为探春来说这句话，倒是合适。

现在专门来谈史湘云。对史湘云命运的安排有许多种，有一种是她与宝玉最后结为夫妇，以应“因麒麟伏白首双星”的回目。我想这是最不真实的故事。“白首双星”是一个谜，却是可以解释的。“白首双星”出现在回目中，本来就不够合理，因为它不符合薄命。我想这是在小说的长期写作中应改而没有来得及改的地方。据张爱玲《红楼梦魇》说，早本有个时期写宝玉、湘云同偕白首，后来结局改了，于是第三十一回回目改为“撕扇子公子追欢笑，拾麒麟侍儿论阴阳”（全抄本），但是不惬意，结果还是把原来的一副回目保留了下来。后回添写射圃一节，拾麒麟的预兆指向卫若兰，而忽略了若兰、湘云并未白头到老，仍旧与“白首双星”回目不合。“脂批讳言改写，对早本向不认账，此处并且一再代为掩饰。”这一段话讲了两件事，一是“白首双星”曾被改过，留下是失误，一是卫若兰射圃与金麒麟有关，二者都较可信。

林语堂在《凭心论高鹗》一文中戏言，程伟元应悬赏征求两篇文字，一是小红在狱神庙，一是卫若兰射圃，每篇一千美金。（我建议再加一题：探春远嫁。多花一千美金。）有卫若兰射圃一段情节，似已为人接受。一九八七版电视剧《红楼梦》里也安排了这一场面，但剧中人都变了哑巴，想来是台词难写。卫若兰就是湘云的夫婿，就是那才貌仙郎。怎样把卫若兰、金麒麟、史湘云联系起来，倒要动一番脑筋。

史湘云有一位才貌仙郎，是对她幼年不幸的补偿，她婚后的生活应该是十分幸福的，虽然是短暂的。这才貌仙郎绝对不会是宝玉，宝玉的心已随黛玉而去，只能“空对”，补偿不了湘云早年的不幸。

《红楼梦》曲子《乐中悲》说“她从未将儿女私情略萦心上”，最后说“云散高唐，水涸湘江”。若是我们尊重前八十回，应该知道，湘云和宝玉虽然自幼常在一起，早于黛玉，但并无“情”。而宝黛的木石前盟是大书特书的，怎能将湘云顶替黛玉？宝玉的人间知己只有黛玉一人。所以他说“林姑娘说过这些混账话么？若说过这些混账话，我和她早生分了”。他还对湘云说，“姑娘请别的屋子坐坐吧”。宝玉在清虚观中将一个金麒麟饰物揣起，不过是好玩而已，也使得情节发展摇曳有致。在宝玉心上，湘云和黛玉的分量是不可同日而语的。又“云散高唐”一句指丈夫早死，“水涸湘江”一句指湘云的生命结束。判词也云：“富贵又何为，襁褓之间父母违。展眼吊斜晖，湘江水逝楚云飞。”水逝云飞人何在？所以她不见得能活过宝钗。宝玉一娶宝钗已是违了初心，怎能再娶湘云。这样安排，把宝黛间海枯石烂、生死不渝的爱情降为普通的感情了。而书中已经说明木石姻缘是一种前盟，黛死钗嫁、宝玉出家，这最符合雪芹原意的安排。就这一安排，我们也应该感谢高鹗。

总之，后四十回虽不及前书，但它成就了全书，后书与前书血肉相连，功是根本的、主要的。有人要把后四十回割下来扔进字纸篓，那还有《红楼梦》存在吗？我们可以提出更好的设想，甚至写出精彩的片断，但要写出超过高鹗文稿的《红楼梦》后半部，是不可能的。

我要说一句：感谢高鹗！这是胡适、顾颉刚说过的话，我想也是很多人心里要说而没有说出来的话。

全部《红楼梦》深刻表现了人生的悲凉，“乱哄哄，你方唱罢我登场，反认他乡是故乡”。人总归是要回去的，回到那大荒山青埂峰下。功名利禄，不必挂心，是非功过也只在他人谈笑中。仿宝玉偈，编了几句，以为文尾：

你证我证，心证意证。各有己证，是为立证。

各无己证，是为大证。问何所证，红楼一梦。

《幽梦影》情结

近见报纸杂志上常出现这样那样的“情结”字样，所谓“情结”，大约来自“俄狄浦斯情意综”[①]一词，指在潜意识中无法化解的几乎是宿命的一种情感。《幽梦影》这本书对于我可算得是一种“情结”。

抗战时期，为了躲避轰炸，我家在昆明东郊龙头村，一住三载。当时最近的邻居有：一仓库看守，其人极胖大，称为余先生；一对犹太夫妇，称为米先生、米太太；还有北京大学文科研究所。

有一段时期，我和弟弟没有上学，获准在文科研究所去立读，随

① 俄狄浦斯情意综：即俄狄浦斯情结，缘自古希腊，是一个弑父恋母的故事。指的是儿童(或成人)对于养育双亲的爱与恨欲望的心理组织整体。中文语境有时也有说成“恋母情结”和“恋父情结”。

便翻阅各种书。我们常常在书架中流连徜徉，直到黄昏。我患近视便从那时始。翻阅的书不少，它们也算得我的邻居。对十来岁的孩童来说，那些书是太深奥了。给我留下深刻印象的一本书，是清初张潮所著《幽梦影》。

这是一本讲生活艺术的书，颇像有些书上的眉批，三五句十数句，对生活这本大书做出评点。书中一部分讲人生哲理，讲入世应如何，出世应如何；一部分讲对大自然的欣赏态度，讲如何赏花，如何玩月。轻松的言及居室布置，严肃地讲到音韵学。其序跋有云："一行一句，非名言即韵语，皆从胸次体验而出，故能发人警醒。片玉碎金，俱可宝贵。""三才之理，万物之情，古今人事之变，皆在是矣。"也许这些说法评价太高，但读过后，使人自觉减少了俗气，增添了韵致，便是作用了。

我愿意首先提到如何做人的一则："立品须发乎宋人之道学，涉世须参以晋代之风流。"宋人道学以诚敬为本，若无这主心骨，不拘小节的风流便是恃才傲物，或竟是轻薄，令人生厌。近年来流行得大红大紫的"潇洒"二字，因为没有主心骨，有时已成为不负责任的代名词。张潮将立品与涉世并提，先有立品，才能涉世。只有心存诚敬，才能潇洒风流，自是高见。

又一则云："少年人须有老年之识见，老年人须有少年之襟怀。"梁启超《少年中国》一文喻老年为字典，少年为戏文。或可发挥云，少年是演戏的阶段，老年是看戏的阶段。少年应以字典为规范，便有老年之识见；老年应记得自己也是轰轰烈烈演过戏文的，看戏时便有少年之襟怀。若能做到点滴，代沟或可变浅，只是很不容易。

另一则云："情必近于痴而始真，才必兼乎趣而始化。"情到极处自然成痴。现在情近于痴的人恐已如朱鹮、白象一样稀罕。"才兼乎趣"的"趣"字很难界说，是否可以说一方面要对生活有兴趣，生机勃勃如源头活水；另一方面则要有幽默感。十七世纪我们还没有"幽默"这个词，但当然有这种感，有些禅语机锋便是一种幽默。有了"趣"，"才"才是活的。

又言："律己宜带秋风，处世宜带春风。"此乃律己严责人宽之古训以形象出之也。

又一则提出了值得钻研的美学问题。"貌有丑而可观者，有虽不丑而不足观者。文有不通而可爱者，有虽通而极可厌者。此未易与浅人道也。"张潮若生在现代，大可就此写一本书。丑而可观必有其特殊的力量，必定更曲折更深刻。不丑而不足观必平庸无奇。一篇文章句句合语法，并不算好文章。鲁迅文章有几篇峭峻难读，但使人如嚼橄榄，回味无穷。

张潮是大自然的知己。他热爱大自然，了解大自然。他说："风流自赏，只容花鸟趋陪。真率谁知，合受烟霞供养。"独自和大自然相处，是他最得意的境界。他能看出每一景物最特殊的地方。他说："天下万物皆可画，唯云不能画。"这实在是把云的千变万化揣摩透了。又一则云："玩月之法，皎洁则宜仰视，朦胧则宜俯视。"曾在黄山，于晴夜观满月。见清光万里，觉得自己都化在月光之中。朦胧之月，则景物之朦胧更引人遐想。他又说，镜中之影是着色人物，是钩边画；月下之影是写意人物，是没骨画。传神地表达了月下的朦胧景色。

天时变化，草木虫禽在他眼中都是有生命的。不只有生命，且有伦理。“南山之乔，北山之梓，其父子也；荆之闻分而枯，闻不分而活，其兄弟也。”他还自告奋勇做红娘，提出梅聘梨花，海棠嫁杏。物如有知，当感谢他的关心了。

这书中对妇女的态度我不以为然，那不是对人的态度，而是对物的态度。拟之以花，以供观赏，而不问她们自己的意愿。这是古时中国文人对妇女的普遍态度。张岱《西湖梦寻》中有文讲一扬州名妓，年极幼，少言语，居张家数日，只说得一句话：“回家去。”这实在是极沉痛的一句话，十数日间供人玩乐，她又有什么话可说！好在人的思想逐渐开明进步，我们也能看出古人的局限了，无论张岱、张潮，若生在今天，一定和我们持同样看法。

张潮是安徽歙县人，生于一六五〇年，卒年不详。其弟称黄山为吾家山，可能因此他对云这样了解。他曾任翰林孔目一类的官职，编纂过一部传奇小说选集《虞初新志》，较有影响。

继《幽梦影》之后，有道光年间朱锡绶著《幽梦续影》，近人郑逸梅又作《幽梦新影》，俱亦可读。

几十年来，我虽记不得《幽梦影》中的文字，其中的精神却拂之不去。五十年代自我改造，在思想检查中还批判了《幽梦影》的影响，怎样批判记不得了。近年来，褪下了改造的紧箍儿，又很想看这本书。好容易从北京大学图书馆借得一本，湖北人民出版社出版，将三影合在一起，经钱行校注，并有前人序跋及林语堂英译此书时的介绍。这本书已经很旧了，可见看的人不少，我很感安慰。再读时渐渐明白，于我心头拂之不去的，是中国文化对人生的智慧的态度和与万物相知相亲的审美心理。我曾言自己多病，病最深者为“烟霞痼疾，泉石膏肓”。这已入膏肓的痼疾，便是中国文化赋予我的情结。

张潮文中有几则，我读后不觉技痒，这里也接着说两句。

张潮曰：“《水浒传》是一部怒书，《西游记》是一部悟书，《金瓶梅》是一部哀书。”宗璞曰，《红楼梦》是一部痴书。

张潮曰：“……菊以渊明为知己，梅以和靖为知己……鹅以右军为知己，鼓以祢衡为知己，琵琶以明妃为知己……”宗璞曰，夜莺以济慈为知己，二月兰以燕园众人为知己。

住在燕园的人，都爱那如火如荼的二月兰。今年不知为何，二月兰很是稀落，想是去年开得太盛。本想再写一则曰，最恨花有小年。但又想，花的生活也需要有张有弛。应该佩服花的聪明，而不必恨。

图书在版编目（CIP）数据

小圃花开，领取而今现在 / 宗璞著. -- 北京 : 北京时代华文书局，2018.10
ISBN 978-7-5699-2591-3

Ⅰ. ①小… Ⅱ. ①宗… Ⅲ. ①散文集－中国－当代 Ⅳ. ① I267

中国版本图书馆 CIP 数据核字 (2018) 第 215944 号

小圃花开，领取而今现在

XIAOPU HUAKAI LINGQU ERJIN XIANZAI

著　　者 | 宗　璞

出 版 人 | 王训海
图书监制 | 陈丽杰工作室
选题策划 | 陈丽杰
责任编辑 | 陈丽杰　柳聪颖
封面设计 | 熊　琼 云中 Design Workshop
内文版式 | 王艾迪
责任印制 | 刘　银　范玉洁

出版发行 | 北京时代华文书局 http://www.bjsdsj.com.cn
北京市东城区安定门外大街 136 号皇城国际大厦 A 座 8 楼
邮编：100011　电话：010－64267955　64267677
印　　刷 | 三河市兴博印务有限公司　0316－5166530
（如发现印装质量问题，请与印刷厂联系调换）
开　　本 | 880mm×1230mm　1/32　印　　张 | 7　字　　数 | 150 千字
版　　次 | 2019 年 4 月第 1 版　印　　次 | 2019 年 4 月第 1 次印刷
书　　号 | ISBN 978-7-5699-2591-3
定　　价 | 49.00 元

版权所有，侵权必究

小圃花开，领取而今现在